D E A R + N O V E L

恋愛☆コンプレックス

月村 奎
Kei TSUKIMURA

JN266726

S H I N S H O K A N

恋愛☆コンプレックス

目次

イラストレーション／陵クミコ

恋愛☆コンプレックス

LOVE☆
COMPLEX

ソメイヨシノが終わって八重桜《やえざくら》が満開になる季節の昼さがり、思いのほか強い日差しにメガネの奥の目を眇《すが》めて、志方朋樹《しかたともき》は四月の末にはかなり暑苦しいネルシャツの袖《そで》をめくりあげた。

いつの間にか家の中よりも屋外の方が気温が高い季節になっている。最低限の外出しかしないので、いつも季節の移ろいから取り残されている気がする。

ダメ人間の烙印《らくいん》を押されたような気分になりながら、朋樹はエコバッグを肩にかけ直し、足早に春爛漫《はるらんまん》な公園を突っ切った。

公園の先の交差点を右折したところに、朋樹の住まい兼仕事場がある。

築十年。一見特に古くもないが、外階段の手すりの根元にわずかに錆《さび》が浮き始めている二階建てのコーポの前では、大学生の男子三人組が陽気な笑い声を響かせていた。

朋樹の姿に気付くと、中の一人が「こんにちは」と屈託《くったく》のない挨拶《あいさつ》を寄こした。

爽《さわ》やかな笑顔を見せる隣人、長谷川玲央《はせがわれお》は、一七二センチの朋樹が思わず見上げる長身である。それでいて威圧感《いあつかん》がないのは、愛嬌《あいきょう》のある顔立ちのせいだ。愛嬌といってもファニーフェイスというわけではない。こいつ芸能人かなんかか？　というくらい整った顔をしているのだが、それが取りすました整い方ではなく、凛《りん》とした眉《まゆ》の下の大きな二重《ふたえ》の目にも、口角のあがった大きめの口にも、親しみやすい可愛《かわい》らしさがあるのだ。入れ代わり立ち代わり友人が遊びにきているところからして、性格も相当人好きのする好青年なのだろう。

きっと滅茶苦茶《めちゃくちゃ》モテるんだろうなと、月初めに玲央がこのコーポの隣室に引っ越してきて以来、見かけるたびに思っている。

「昨夜は遅くまで騒いじゃってすみません。うるさくなかったですか？」

人懐《ひとなつ》っこく訊《たず》ねてくる朋樹に、

「別に平気です」

俺がもし女で、しかもあと十歳若かったら、こんな絵に描いたような男前の好青年と恋愛してみたかった、などという埒《らち》もない妄想《もうそう》は一切顔に出さず、朋樹は無愛想《ぶあいそう》に短く答えた。

迷惑な時は遠慮《えんりょ》なく言ってください、という玲央に、類友らしい人の好《よ》さそうな友人たちがそうそうというようにしきりと頷《うなず》いてみせる。朋樹は曖昧《あいまい》な会釈《えしゃく》を返して、自分の部屋へと戻った。

暗くて薄ら寒い2Kの部屋のコタツに足を突っ込んで、エコバッグの中から画材屋の包みとコンビニのサンドイッチを取り出す。

今日最初の食事を缶コーヒーで流し込みながら、使い慣れたペン軸《じく》に新しい丸ペンを差し込んで神経質にペン先の油分を拭《ふ》き取《と》り、外出前の作業の続きに戻る。

朋樹は漫画で生計を立てている。二十七歳でデビューして五年、新人というにはとうが立っているが、ベテランでもない。デビュー作の日常系シニカルコメディが一部の読者から地味に好評を博して、以来隔週刊の青年誌でシリーズ読み切りを描き続けている。原稿料と、一年に一冊出るか出ないかの単行本の印税を合わせても、年収は公務員だった二十代のときに及ばないが、デビュー作が連載になり、五年間打ち切りにならずに続いているというのは、漫画家としてはそれなりに成功しているといえるのだろう。

望めば、多分仕事はもっと増やせるはずだ。だが、仕事を増やせば今のように一人で描くことは難しくなる。アシスタントは使いたくなかった。仕事へのこだわりからなどではない。人と関わるのが、朋樹はひどく苦手だった。そもそも収入を増やしたいとか有名になりたいという野心もない。自分一人、食べていければそれでいい。

漫画家という仕事からして、別に朋樹の本意ではなかった。子供のころから堅《かた》い職業に就きたいと思っていたし、実際、大学卒業後はその願いがかなって県庁に入職した。配属された税務課の事務職は朋樹に合っていたし、一生骨をうずめるつもりでいた。

歯車が狂ったのは、入職五年目のことだった。

朋樹の部署《ぶしょ》に、市役所から男性職員が出向してきた。細野《ほその》というその男は見目よく人好きのする性格だった。同い年という気安さからか、細野は初日から朋樹に親しげに接してきた。

自分がゲイだということを、朋樹は中学生の頃から自覚していた。元々生真面目《きまじめ》な性格の朋樹は、それをことさら後ろめたく思い、決して周囲に悟られないように生きてきたつもりだった。その自戒が、無意識に恋への渇望《かつぼう》を強めていたのかもしれない。職場の同僚の域《いき》を逸脱《いつだつ》した親密さを見せる細野に、これは運命の出会いではないかと思った。今にして思えば、細野が特に好みのタイプだったわけでもない。だが、男女の恋愛と違って、同じ嗜好《しこう》の人間と日常生活の中で巡《めぐ》り合《あ》うことなど滅多にないから、それだけでもう運命を感じさせるに十分だった。

同僚になって二ヵ月後、二人で飲んだ帰りに、人気《ひとけ》のない細い路地でキスされた。それは朋樹にとって生まれて初めてのキスで、もうこのままどうにかなって死んでしまうのではないかと思うくらいに心臓がどきどきしたことを、今もリアルに覚えている。

一生恋などできないと思っていた自分を愛してくれる人が現れた、その夢のような幸福。

生真面目でネガティブな朋樹があんなに浮かれた数日は、あとにも先にもあのときだけだ。恋という妄想に頭がふわふわとして、世の中が本当にばら色に見えた、あの陳腐《ちんぷ》な数日間。

しかし陳腐な幸福は唐突に終わりを迎えた。

職場の昼休み、トイレの個室で携帯をいじっていたときのことだ。朋樹は細野にメールを打っていた。特に用件もない、他愛《たわい》ないメールだった。それまでの人生で用件のない睦言《むつごと》のようなメールなど打ったこともなかったから、そんなことをしているだけでもそわそわと幸福だった。

メールの送信ボタンに指をかけたとき、トイレに人が入ってくる気配がした。

聞き覚えのある二人の声。細野と、同じ課の後輩だった。

「え、マジでキスしたんですか?」

後輩が、笑いと驚愕《きょうがく》を孕《はら》んだ声で問うのに、細野が失笑しながら答えた。

「マジマジ。俺がこう、顔を近づけたら、待ってましたとばかりに目なんかつぶっちゃってさ。そうなるとこっちもご期待にこたえないわけにはいかないじゃん？」

「うわっ、やっぱ志方さんってホンモノなんだ。そこらの女子より美人だとは思ってたけど、まさか本気でそっち系の人だったなんて」

「というわけで、俺の勝ち」

「勝ちって、まさか酒の席での冗談をホントに実行するなんて、誰も思ってないですよ。大人げないなぁ、細野さん」

「なんだよ、それ。新参者の俺としては、早く新しい職場に慣れたくて一生懸命頑張ったのに」

「またまた冗談ばっかり。ていうか最初から話作ってるでしょう？」

小用を足す音とともに交わされる侮蔑的《ぶべつてき》な会話に、聞き覚えのある電子音がかぶさった。細野の携帯のメール着信音だった。はっとして手元に視線を戻すと、ディスプレイにメール送信済みの表示が出ていた。無意識に送信ボタンを押していたらしい。

ドアの向こうから失笑が聞こえた。

「冗談なんかじゃないよ。ほら、これ証拠」

個室から飛び出して自分が送信したメールを消去したかったが、そんなことができるはずもなく、朋樹は真っ白になって便座の蓋《ふた》の上で固まっていた。

「うわっ。ホントですか、これ？　これはひきますよね。あのカタブツの志方さんがこんな女子中学生みたいなメールを書くなんて。キモすぎ」

「キモいは気の毒だろう」

そう言う細野の声も、完全に笑っていた。

その後もしばらく続いた二人の会話から、細野のアプローチは、歓迎会の酒席で一部のメンツで行われたおふざけの罰《ばつ》ゲームだったと知った。

人生最高の浮かれ具合から一転、朋樹は人生最低最悪の羞恥《しゅうち》と屈辱《くつじょく》に見舞われることとなった。

生まれて初めて寄せられた恋情が、ただの悪ふざけだったというショックと屈辱に加え、自分の性癖《せいへき》をほかの人間に暴露《ばくろ》されたことに激しく狼狽《ろうばい》した。後輩の口調からして、あるいは暴露される前からすでに勘付かれていたようでもあり、取りすまして仕事をしている自分を今まで周囲はどんな目で見ていたのだろうかと思うと、居たたまれない気持ちになった。

その日の午後、職場でどう過ごしたのか、記憶がなかった。

それから間もなく、朋樹は職を辞した。

堅い仕事を選んだのは、自分の性癖を過剰《かじょう》に取《と》り繕《つくろ》おうとする気持ちの表れでもあった。フロアの人間全員が自分の性癖を知っているのではないかという不安に耐えてまで職場に居続ける意味はなかった。

朋樹の様子から、細野は自分の悪ふざけがバレたことに気付いただろうが、そんなことはどうでもよかった。ただもう全力で、その目の前から消えたかった。

辞職後しばらくは鬱々《うつうつ》と引きこもっていた。元々ネガティブだった性格に更に拍車がかかり、誰とも会いたくなかった。

実家の親には仕事を辞めたことは言わなかった。同居する兄夫婦に第一子が生まれたばかりで、両親の関心が初孫に向いていたのは幸いだった。社会復帰させようとお節介を焼くような友達もいなかった。親にも友人にも、自分の性癖のことは隠していた。

厭世《えんせい》と自虐《じぎゃく》の日々を数ヵ月ほど過ごした頃、大学時代のサークルの友人、安原泉美《やすはらいずみ》から同窓会の誘いの電話がかかってきた。失業中だからパス、とやけくそ気味に告げると、朋樹の真面目な性格を知っている泉美はひどく驚いていた。普通はそこで退職理由を訊《き》いてくるところだが、泉美はまるで違うことを口にした。

「ヒマなら漫画描かない?」

泉美にそう言われたのは初めてではなかった。

学生時代、所属していた映画サークルの会誌発行の際に、泉美が編集を、朋樹がデザインと挿画《さしえ》を担当したことがあり、その時に泉美は朋樹の絵のセンスを素人《しろうと》離れしているととても評価してくれていた。

卒業後、出版社に就職して青年漫画誌の編集部に配属された泉美は、毎年年賀状で冗談半分と思われるスカウトをかけてきたが、朋樹はもちろん誘いに乗るつもりはなかった。

だがその時には時間は腐るほどあり、根が真面目な朋樹は時間を持て余す生活に飽《あ》いていた。失業中に描いた漫画でデビューして、暮らしていけるだけの収入を得られるようになったというのは、かなり幸運なことなのだろう。多分、過去の屈辱を相殺《そうさい》できる程度には。

けれど朋樹の心の傷は癒《い》えはしなかった。細野への恋情を引きずってのことではない。特別に好きだったわけでもない相手の、悪ふざけの誘惑にまんまとのせられるほど、色恋に飢《う》えていた自分を思い知らされたことこそが、屈辱であり傷だった。その惨《みじ》めさは忘れようと思って忘れられるものではなかった。

朋樹はもう二度と恋愛などするつもりはなかった。人とは違う性癖を持つ自分には、恋など出来るはずがない。そういう意味では、ほとんど人と接触のない今の仕事は朋樹に合っていた。

時々ふと人恋しくなることはある。そんな時には創作を生業《なりわい》とする人間特有の想像力を用いて、そのもの淋《さび》しさを埋《う》めてみたりもする。たとえば隣に住んでいるあの男前の大学生が実は自分の恋人で、下にも置かないほど大切にされているところを妄想してみたり。

もちろんそんなことが現実になるなんてありえないし、あって欲しくもない。もう生身の人間はこりごりだった。

一生一人で生きていく覚悟はできている。感情に振り回されて一喜一憂《いっきいちゆう》するなど二度とごめんだ。一人暮らしは淋しいけれど、心は平穏だ。仕事がなくなったら一人で野垂れ死ねばいい。実にシンプルで後腐れない。それが朋樹の人生に対するスタンスだった。

冷たい雨がそぼ降る夕刻、編集部まで原稿を届けに行った帰り道、朋樹《ともき》はスーパーで一週間分の食料と日用品を買いこんで、帰路を急いでいた。ゴールデンウィーク明けだというのに一ヵ月季節が戻ったような肌寒《はださむ》さで、通りを行く人々はみな早足だった。

仕事は遅れ気味だった。先に描き上げたカラーページだけを気分転換がてら自分で編集部に届けに行ったのだが、モノクロはまだ半分しかペン入れが進んでいない。そんな朋樹に、泉美《いずみ》は、兄弟誌でもう一本新たに連載を持たないかと打診してきた。朋樹は即座に断った。デビューから続いている隔週の連載と、去年泉美に無理矢理入れられた若い主婦向けの生活情報誌への月一のエッセイ漫画で手いっぱいであることは、泉美にもよくわかっているはずだ。現に本当は今日が締切の原稿もカラーしかできていないという有様《ありさま》なのだ。

朋樹がそう言うと、泉美はぐいと身を乗り出してきた。

『アシスタントを雇《やと》いなさいよ』

『いきなりそんなこと言われても』

『いきなりじゃないでしょ。前から何度も言ってるじゃない。志方《しかた》くんの場合、徹底《てってい》したアナログ感が持ち味だからとりあえずデジタルでの効率化はやめておいた方がいいし。とすればやっぱり人手が必要よ。有能な子を紹介するから』

『アシ代払えるほど稼《かせ》いでないって、知ってるだろ』

『新連載の稿料を全部アシ代に回したとしても、単行本化の印税でむしろ収入はぐっと増えるから』

『別に増やしたいとも思ってない。人が出入りするの苦手だから、アシスタントはちょっと』

『もう。どうしてそうなのかなぁ。学生時代から物静かな人だとは思ってたけど、年々頑《かたく》な度《ど》が増してるよね。世を拗《す》ねる理由でもあるの?』

訊《たず》ねはするものの、朋樹が黙っていると泉美はそれ以上は突っ込んでこない。いつもそうだ。

学生時代からの旧知の仲といっても、当時から特別親しかったわけでもない。作家と担当という関係だからやりとりする頻度《ひんど》はかなりのものだが、あくまで仕事上のつきあいであり、プライベートで会うことは皆無に等しい。

新連載の話は結局棚上《たなあ》げとなった。

すっかり新緑となった八重桜《やえざくら》の公園にさしかかった頃には、傘《かさ》を持った腕にくいこむレジ袋の重みが耐えがたいほどになっていた。こんな日に買い物なんかするんじゃなかったと後悔しながら、黙々と歩き続ける。

コーポが見えるところまで来て、朋樹はふと眉《まゆ》をひそめた。

外階段の下に、何か大きな荷物が置いてある。

不審に思いながら近づくと、それは荷物ではなく隣室の大学生、長谷川玲央《はせがわれお》だった。閉じられた睫毛《まつげ》が、紙のように白い顔に淡い影を落としている。

「長谷川くん、大丈夫？」

朋樹がおそるおそる声をかけると、切れ長の二重《ふたえ》の目がわずかに開いた。どうやら意識はあるようだ。

「具合悪いの？」

大家を呼ぶべきか、救急車を呼ぶべきか。

朋樹はレジ袋を通路におろしてポケットから携帯を取り出した。ゆらりと玲央の手が動き、朋樹の腕を摑《つか》んだ。骨太の大きな手は、ひやりと冷たかった。

「……大丈夫です」

「大丈夫には見えないよ」

「バイトから帰ってきて、部屋に辿《たど》りつく寸前にふらっときて……」

状況を説明しようとする口調が頼りなくたどたどしい。

「やっぱり具合が悪いんじゃないか」

「そうじゃなくて……」

何か言《い》い募《つの》ろうとする玲央の声に、盛大に腹の鳴る音が響いた。

朋樹が目を丸くすると、玲央はおそろしく端整な顔に、はにかんだような笑みを浮かべた。

「二日ほど、食ってなくて……」

「ダイエットでもしてるの？」

「いや、あの、ちょっとお金がなくて」

気まずそうに言う。

人好きのするイケメン青年が、苦学生とは意外だった。

朋樹は人嫌いではあるが、人でなしというわけではない。

「こんなものしかないけど、よかったら」

レジ袋の中からカップ麺《めん》を幾《いく》つか取り出して、差し出した。

玲央は澄んだ瞳で何か神々《こうごう》しいものでも見るように朋樹を見上げてきた。

「ありがとうございます。あの、でも……」

「別に大したものじゃないから、遠慮《えんりょ》しなくてもいいよ」

「そうじゃなくて……実はガスと電気を止められてて、お湯、沸《わ》かせないんです」

「え？」

思わず聞き返してしまった朋樹の前で、玲央は顔面蒼白のままへらへらと笑っている。

朋樹はメガネを直しながらこっそりため息をついた。

相手がまったく面識のない他人ならばスルーできたし、本当に具合が悪いならば救急車を呼んで任せればよかった。だが状況はあまりに中途半端だった。

朋樹はポケットからキーホルダーを取り出した。

「……立てる？　お湯あげるから、中にどうぞ」

「え、でもいきなりお邪魔じゃないですか」

邪魔だ。ものすごく邪魔。

しかし生真面目《きまじめ》な性格ゆえ、今後も頻繁《ひんぱん》に顔を合わせるであろう隣人を放置することもできない。あとあと逆恨《さかうら》みされたら厄介《やっかい》だ。

玲央は恐縮《きょうしゅく》しながらも朋樹について部屋にあがった。

電気ポットで保温になっていた湯を再沸騰《さいふっとう》させてカップ麺に注ぐと、玲央はおあずけ中の賢い犬のように体育座りして待っている。その間に朋樹はスーパーのレジ袋の中からチーズやアーモンドチョコレートなど、すぐに食べられそうなものを取り出して、テーブルに並べてやる。

玲央は目を輝かせて、あっという間にすべてを平らげた。

「はー、生き返った！　志方さんは命の恩人です」

血色の戻った顔に満面の笑みを浮かべて言う。

その、世にも美しく愛嬌《あいきょう》のある顔に内心少しばかりどぎまぎしながら、朋樹はメガネのテンプルを押し上げた。

「そんな大げさなもんじゃないよ。まあ、今日はたまたまタイミングよく帰宅して、ちょうど食料の買い出しもしてきたところだったからよかったけど、食料品のストックがゼロの時もあるし、っていうかそっちの方が多いし」

これに味をしめて頻繁に頼られても困ると、遠まわしに釘《くぎ》をさしておく。

玲央はすぐに朋樹の意図を察したようで、顔の前でぶんぶんと手を振った。

「俺もいつもこんなに切羽詰《せっぱつ》まってるわけじゃないんです。ちょうど大学の授業料と家賃の支払いが重なって手持ちが底をついちゃって。おとといの晩から水しか飲んでなかったんです」

「そんな状態で、明日からどうするの？」

思わず訊《き》いてしまってから、しまった、と思う。迂闊《うかつ》にそんなことを訊ねるのは藪蛇《やぶへび》というものだ。

玲央はにこやかに答えた。

「明日バイト代が入るから、大丈夫です」

そう聞いて、朋樹もほっとした。

「バイト代が入ったら、今日のお礼をさせてください」

「いいよ、お礼なんて。たかがカップ麺くらいで」

「そういう問題じゃないです。ここの問題です」

玲央は拳《こぶし》で自分の胸を叩き、きらきら光る澄んだ目で朋樹を見つめてきた。

「あんなところに座り込んでるやつ、知らんぷりするのが普通なのに、親切に助けてくれて。志方さんってやさしいですね」

え、知らんぷりが普通だったのか？　勤めを辞めて五年、人付き合いのスキルは更《さら》に下がっているということか。だったら俺もスルーすればよかった、などと悔《く》いていると、腹ごしらえをして年相応の好奇心を取り戻したらしい玲央が部屋をぐるりと見回しながら言った。

「志方さん、漫画好きなんですねぇ。意外だな」

「いや、別に好きってほどでも……」

「でも漫画雑誌だらけじゃないですか。『少年ビンゴ』、俺も好きですよ。コンビニで立ち読みして、しょっちゅう店員さんに注意されてます」

見てもいいですか、と礼儀正しく訊ねてから、床に放り出してあった最新号を手にとって目を輝かせる。

「俺、小・中学生の頃はプロゴルファーか漫画家になるのが夢だったんです。でかいから不器用そうに見えるかもしんないけど、これでも美術はずっと5だったんですよ」

「……もう諦《あきら》めたの？」

「ガキの夢ですから。ある程度の年になれば、無理だってわかります。プロゴルファーも漫画家もチョー狭《せま》き門じゃないですか。東大に合格するより難しいですよね」

「ってきみ、東大生？」

「まさか。受験はしたけどもちろん落ちました」

「二次試験を受けられただけでも、相当優秀なんじゃないか」

見かけによらず、と心の中だけで付け足しておく。

「全然です。志方さんは何の仕事をしてるんですか？」

やおら切り返されて、朋樹は返事に詰まった。

「ええと……自営業的な？」

即座にうまく返せず、思わず語尾があがってしまう。

「ですよね。大概《たいがい》部屋にいるっぽいし。デイトレーダーとか？」

無邪気に部屋を見回す玲央の視線が、ふと仕事机に留まる。

机の上には缶のペンたてが三つほど並び、彩色用のマーカーとペンがぎっしりと詰まっている。トレース台の上には、描きかけの原稿用紙。

玲央は目を大きく見開き、机と朋樹の顔を見比べた。それから手元の雑誌に視線を落とす。

「え、うそ。もしかしてチョー狭き門の人？」

「いや、まあ、大して売れてないけど」

「見てもいいですか？」

朋樹が答えるより先に、玲央は立ち上がって仕事机を覗《のぞ》きこんだ。

「えっ!?　この絵って、うそ、まさかキモトタカシ？」

「知ってるの?」

「知ってるもなにも、デビュー作から読んでます!」

「そ、それはどうも」

面と向かって読んでますと言われる機会も滅多《めった》にないので、なんと答えたものかたじろいでしまう。

「『オレンジクラブ』のエッセイマンガも読んでますよ! あれ、すげー面白《おもしろ》いですよね。毎号載ってるといいのに、月一なんですよね」

「最近の大学生って主婦雑誌まで読むのか」

「いつも行くヘアサロンに置いてあるから」

「美容院でカットしてるの?」

ガスも電気も止められるほど赤貧でも美容院でカットするのかと、いまどきの大学生の生態にジェネレーションギャップを覚えながら問うと、

「あー、ええと、知り合いがやってる店で……」

玲央はややきまり悪げに口ごもる。少し長めの焦《こ》げ茶の髪は、確かに丁寧《ていねい》で繊細《せんさい》なカラーリングとカットがほどこされている。

「キモト先生のデビュー作を読んだの、俺が中三のときだったんだけど、すげー衝撃《しょうげき》を受けました。面白いんだけどシニカルで、しかも枠線《わくせん》までフリーハンドでトーンも使わないレトロ

な絵柄《えがら》が、逆に新鮮で……。こういうのが才能っていうんだなぁって。俺なんか到底無理だって思いましたよ」

辞職して漫画を書き始めたのはついこの間のような気がするが、その頃こいつはまだ中学生のガキだったのかと思うと、再び年齢差を実感させられてくらりときた。

「……ちょっと待ってください。志方朋樹、シカタトモキ、キモトタカシ、あ、すげ、回文になってる！　すげー！　今気付きました。粋《いき》だなぁ」

単にペンネームを考えるのが面倒だっただけなのだが。

「キモト先生の漫画、あの頃から雰囲気《ふんいき》がずっと変わらないですよね。他人の手が入ってない感じがする。あんまり部屋に人の出入りとかもないですけど、アシスタントさんとか使ってないんですか？」

玲央の部屋にしょっちゅう友人が出入りしているのを朋樹が見るともなしに見ているように、自分の暮らしぶりも隣近所の人間にはなんとなく観察されているのだ。その当たり前のことに妙な居心地悪さを感じながら、朋樹は渋々頷いてみせた。

「キモト先生みたいな売れっ子で、アシスタントを使ってないって珍しいんじゃないですか？自分の絵にこだわりがあるんですね。かっこいいなぁ、そういうの」

すべてをいい方に誤解していく若者にやれやれと思いつつ、朋樹は時計に目をやった。

「一人で描いてるから、どうしても押し気味で。悪いけど、ちょっと仕事させてもらってもいいかな」

　察しは悪くないらしい青年は、暗に帰宅を促《うなが》す朋樹の言外の声にすぐに気付いてくれた。

「あ、すみません。忙しいのにホントにありがとうございました」

「ちょっと待って」

　朋樹はキッチンの引き出しから買い置きのカロリーメイト数箱を取り出してきて、玲央に渡した。

「手を加えないで食えるものってこれくらいしかないけど、明日までなら食いつなげるんじゃないかな」

「うわ、ありがとうございます！」

　玲央は深々と頭を下げて、飼い主の歓心を買おうとする大型犬のような目で「あの」と言った。

「お礼に、仕事を手伝わせてもらえませんか？」

「気持ちだけもらっておくよ」

　朋樹は即答した。

　もうこれ以上煩《わずら》わされないようにととっておきの備蓄食料を渡したのに、居座られては逆効果だ。

「いや、キモト先生がアシスタントを使わないこだわりの作風なのはわかってるし、もちろん素人《しろうと》の俺にできることなんてほとんどないと思うけど、消しゴムかけとか雑用なら、手伝えると思うんです」

アシスタントを使わないのはこだわりではなく、自分のテリトリーに人を入れたくないからだ。だから今日だって原稿を取りに来るという泉美を断って自分で届けに行ったし、仕事の打ち合わせもいつも外でしている。

だがしかし。考えてみればすでに玲央は家にあげてしまっている。第一関門は突破しているのだから今更拒《いまさらこば》む理由もないのか？　などとふと思ってしまったのは、仕事が押している焦《あせ》りから魔がさしたのだろうか。

「……ベタとか塗《ぬ》れる？」

朋樹が訊ねると、玲央はぴしっと姿勢を正した。きちんと立つと、本当にでかい。

「できると思います！」

朋樹は半信半疑で机に向かい、原稿を一枚つまみあげて、プリンタでコピーを取った。そのコピーに鉛筆でささっと指示を入れて渡す。

「その×印のとこ、塗ってみてもらえるかな」

「はい！」

試し塗り用のコピー原稿だというのに、朋樹はそれを置く前に座卓をティッシュで丁寧《ていねい》に拭《ふ》き清《きよ》めた。

墨汁《ぼくじゅう》と筆を渡すと、やり方を訊ねてくることもなく、躊躇《ためら》いのない手つきで塗り始めたのにはちょっと驚いた。デビューしてしばらくたった頃、よんどころない事情で一度だけ先輩漫画家のアシスタントに入ったことがあったが、すでにプロだった朋樹ですら、相手のやり方を細かく訊ねて確認した。

この迷いのなさは若さなのか性格なのかと考えつつ、朋樹も自分の作業を始める。

ほどなくして、できました、と玲央が遠慮がちに声をかけてきた。

渡されたコピー用紙を見て、朋樹はちょっと目を瞠《みは》る。思いのほか綺麗な仕上がりだった。

「自己申告通り、器用だね」

「ありがとうございます！」

嬉しそうに笑う顔に、そわそわと落ち着かない気持ちになる。自分も二十歳の時にはこんな曇《くも》りのない純粋《じゅんすい》な目をしていたのだろうか？　思い出そうにも、あまりにも昔のことで思い出せない。

朋樹は主線だけペン入れ済みの原稿を引き抜き、今度はコピーではなく原画にペンでチェックを入れて玲央に渡した。

「じゃあ、お言葉に甘えて、少し手伝ってもらってもいいかな。消しゴムをかけてから、今みたいに×印のところを塗ってもらいたいんだけど」

「了解です！　うわー、キモト先生の生原稿だー。こんなラッキーってあるんですね」

一人テンション高く呟いて、玲央は鼻歌交じりに作業を始める。

どうしてこんなことになっているのかと不可解な気分になりながら、しかし深く考え込んでいる時間もないので、朋樹も自分の作業に没頭《ぼっとう》した。


「夕飯の支度《したく》できましたよ」

玲央《れお》に声をかけられて、朋樹《ともき》は原稿から顔をあげた。

デスクの上の時計を見ると、すでに七時を回っていた。息もつかずに三時間ほど集中していたことになる。凝《こ》り固《かた》まった背中をぐっと伸ばしながら、人嫌いの自分が部屋の中にいる他人の気配を気にもせずに仕事に没頭《ぼっとう》できていることに今更《いまさら》ながらちょっと驚く。

空腹の玲央を助けた日から一ヵ月が経《た》っていた。

あの数日後の晩、玲央はお礼だと言って鍋《なべ》一杯のカレーと炊《た》きたてのご飯が入った炊飯器《すいはんき》を軽々と担《かつ》いでやってきた。どうやら朋樹の部屋にインスタントと栄養補助食品しかないのを見てとって、気を遣ってくれたらしい。原稿を手伝ってもらったのだから貸し借りはなしのはず

なのに、

『そういうことじゃないです。助けてくれた志方《しかた》さんの気持ち、すげー嬉しかったから』

にこにこと有無を言わさぬ人懐《ひとなつ》っこさで朋樹の部屋にあがりこみ、当然のように一緒にカレーを食べていった。その際、時々またアシスタントのアルバイトをさせてもらえないだろうかともちかけられた。金銭的に厳《きび》しく、バイトを増やしたいと思っていたところだという。人がいいのか厚かましいのかよくわからない男である。

以来、週に一、二回、玲央は朋樹の部屋を訪れるようになった。大学もあるしもちろんほかにメインのバイトもあるらしいので、鬱陶《うっとう》しいほど頻繁《ひんぱん》ではなく、それでいて割とちょくちょくあがりこんでいるなという、絶妙の間合いだった。

「あ、肩凝《こ》ってます？」

首をぐるぐる回していると、エプロン姿の玲央が身軽に寄ってきて、朋樹の肩に手をのせた。

「いでででっ！」

いきなりぎゅっと揉《も》まれて思わず悲鳴をあげてしまう。

「あ、すみません、強すぎました？　俺、肩とか凝ったことないから、加減がよくわからなくて」

肩コリを知らない若さが羨《うらや》ましい。

「すごい握力《あくりょく》だな。長谷川《はせがわ》くん、なにか体育会系のサークルとか入ってるの？　あ、ゴルフやってるんだっけ」

「玲央でいいですって。ゴルフは今はもうやってません。とりあえずジムに通ってるくらいで」

赤貧なのにジム通いかよ。美容院の件といい、ハタチの若者の価値観は、朋樹とは全く違って理解に苦しむ。

「これくらいの強さだったら大丈夫？」

「あー、気持ちいい」

大きくてあたたかい手がリズミカルに凝りをほぐしていく快感に、しばし身をゆだねる。

五分ほどマッサージしたあと、「メシにしましょうか」と玲央は朋樹を座卓へと誘った。

「今日は鶏手羽《とりてば》と夏野菜のスープ、ごま醤油《しょうゆ》おにぎり、ツナトマトサラダを作ってみました。鶏手羽はコラーゲンたっぷりだから、肌《はだ》プルプルになりますよ。ごまは若がえりのサプリって言われてるそうです。トマトは髪にいいらしいですよ」

玲央の蘊蓄《うんちく》に、

「……俺ってそんなに肌とか髪とかキちゃってる？　まあもう中年だしなぁ」

朋樹がぼやくと、玲央は形のいい目を大きく見開いて、とんでもないという顔をした。

「志方さんは奇蹟《きせき》の三十代ですよ！　全然若いです！」

「若いって言われるようになったら、若くない証拠だから」

「いや、マジでマジで。引っ越してきて最初にお会いした時、てっきり大学生だと思いました」

「……それ褒《ほ》め言葉になってないし」

「え、そうですか？　いやでもこれ食ったら、益々《ますます》ピチピチになりますよ。俺も最近髪とか肌とか傷《いた》み気味なんで、知り合いから色々教えてもらって、食生活には気をつけてます」

肌や髪なんか気にしたこともない朋樹は、ホントに最近の大学生は……とすでに何回目か知れないジェネレーションギャップに失笑する。

何はともあれ、玲央が作る食事は、いつも男の料理とは思えないほどきめ細かにバランスが整っている。最初に持ってきたカレーも具は肉ではなくシーフードで、ご飯は五穀米《ごこくまい》だった。

「あ、これおいしい」

ホロリと骨離れのいい鶏肉を煮崩《にくず》れたキャベツと一緒に口に運びながら朋樹が言うと、玲央は嬉しそうに相好《そうごう》を崩した。

「ホントですか？　塩うすくない？」

「このくらいが好き」

「よかったー」

男子学生らしからぬ栄養バランスへの気配りとは裏腹に、盛り付けへのこだわりのなさは、紛《まご》うことなき男の料理だ。一人暮らしの朋樹があまり食器をもっていないせいもあるが、スープが入っているのは汁椀《しるわん》だし、おにぎりが載っている小皿はコーヒーカップのソーサーだ。そういうことにはてんでこだわりがないらしい。そこがかえって好ましい。

「料理の分の時給も払うよ」

朋樹が言うと、玲央は若々しい真っ白い歯でおにぎりにかじりつきながらかぶりを振った。

「いいです。これは趣味だし、食費を出してもらって俺もゴチになってるんだから、むしろありがたいです」

朋樹の原稿の進み具合によって、いつでも玲央の仕事があるというわけではない。そんなとき、玲央はこうして食事を作ったり、静かに棚《たな》の整理をしたり、先程のようにマッサージをしてくれたりする。だが、玲央は原稿のアシスタント分の時給しか受け取らない。そんな欲のないことではバイトの意味がないんじゃないかと思うが、本人は『ごはんが食べれて、「少年ビンゴ」がタダで読めて、こんなおいしいバイトはないです』などとにこにこ言う。

恩を忘れない単純で漫画好きの大学生。そう思えば実に微笑《ほほえ》ましくありがたい隣人だ。

だが、心のどこかで、朋樹は目の前の青年に疑惑を抱《いだ》いていた。こんなに見栄えがよく人好きのする青年が、大した金にもならないバイトのために、頻繁に部屋に通ってくるなんて、冷静に考えれば不自然ではないだろうか。

朋樹の脳裏《のうり》をよぎるのは、五年前の細野《ほその》の一件だった。あの男も適度に見栄えが良く、人好きのするタイプだった。ニコニコと近づいてきて、親密なそぶりを見せて朋樹をその気にさせ、朋樹が同性愛者であることを同僚との笑いのネタにした。懲《こ》りもせずに自分はまた同じ罠《わな》にはまろうとしているのではないだろうか。そんな悪趣味なからかいを仕掛けてくる人間がそうそういるはずはないとわかっていながら、かつて受けた傷は根深かった。

細野のときには、朋樹の方にも隙があった。だから今回は自分の性癖《せいへき》を悟られないように気をつけている。わざわざ一般男性向けの成人雑誌を買ってきて本棚の隅に置いてみたりというさりげない（?）演出も怠《おこた》りない。

疑心暗鬼《ぎしんあんき》の一方で、五年間頑《かたく》なに孤独を貫《つらぬ》いてきた朋樹が人のぬくもりに飢《う》えているのも事実だった。

自分があと十歳若くて女だったら、などという自嘲的《じちょうてき》な茶化しは抜きにして、正直なところ玲央は非常に好みのタイプだった。大柄《おおがら》なのに敏捷《びんしょう》そうな身体つきも、犬のように人懐っこい性質も、妙に人を打ちとけさせるオーラも、すべてが心地よかった。細野の時のような、好きか嫌いかよりもとにかく恋愛をしてみたい、というさもしい若さはもう朋樹にはなかった。ないと思いたかった。ただ、できるならば偶然の産物である今の良好な関係を保ちたかった。

玲央はもうすぐ三年生になる。そろそろ就活で忙しくなる時期だ。やがて社会人になればこんなふうに会う時間もそうそうなくなるだろうし、それ以前にここを出て行くかもしれない。

卒業するまであと二年、隣人プラスα《アルファ》なこの関係をのらくらと維持《いじ》できればいいなと思う。

そろそろ食事が終わろうというとき、ふと、遠くインターホンの音が響いた。朋樹の部屋ではない。壁の薄いこのコーポは、隣室のインターホンもかすかに聞こえてくるのだ。

レオー、留守?

ドアの外から複数の若者の声がする。迷惑なほどの大声ではない。玲央の友人たちは若さゆえの騒々しさはあるものの、ハメを外しすぎるようなタイプはいない。

「なんだろ。今日来るなんて言ってなかったのに」

眉根《まゆね》を寄せて言う玲央の声が聞こえているはずもないのに、

「この間見たがってたDVD、持って来てやったぞ〜」

タイミングよく友人が玲央の疑問に答えるように言うのが聞こえた。

せっかく二人でまったりしてたのに、なんで邪魔しやがるんだよ。昼間買っておいたプレミアムプリンを、食後に玲央と食べようと思ってたのに。

……などと思ってしまったことは、おくびにも出さない。

朋樹は玲央に微笑《ほほえ》みかけた。

「ごちそうさま。今日はもう長谷川《はせがわ》くんに手伝ってもらう仕事はないから、帰っていいよ」

「でも、皿洗いとか」

「それくらいの気分転換、俺にも残しておいてよ」

「そうですか？　じゃ、また来ます」

チャッと冗談ぽく敬礼して、玲央は身軽に玄関を出て行った。

「おー、なんで隣から出てくるんだよ。部屋間違えたかと思うじゃゃん」

学生たちの驚きと笑いが混じった声が聞こえてくる。

玲央と友人が隣に入り、人の気配は壁ごしに移動する。

隣室から聞こえる適度な人の気配は、決して不快なものではなかった。

認めたくはないが、朋樹は淋《さび》しかった。元々人付き合いのいい方ではなかったが、細野の一件以降、自分から人と関わることを極力避けるようになった。ほとんど家にこもって仕事をしている朋樹に、関わってこようとする人間はいない。せいぜいが泉美《いずみ》くらいのもので、しかもその関わりはあくまで仕事限定だ。いつも一人。どこでも一人。その孤独感はとても心安らぐものであり、またとても空虚《くうきょ》でもあった。

真夜中、原稿用紙に向かって自分が動かすペン先のカリカリという音を聴きながら、ふと世界中に自分一人しかいないかのような深い孤独感に襲われることがある。自分は何のために生きているのだろうか、と。人から見れば生きがいにできる仕事を持っているじゃないかと言われそうだが、たとえ単行本が何万部売れても、今日日《きょうび》読者からの反応はほぼないに等しい。漫画家という仕事は、底なし沼に石を投げ込んでいるような心許《こころもと》なさがつきまとう。

そんな思いにとらわれる夜半、壁ごしに隣室から聞こえてくる玲央とその友人のひそめたような笑い声に、ふと我に返る。

よかった。地球最後の人類じゃなかった。ひとつ屋根の下に、ほかにも人がいる。

他人の生活音にそんなふうにほっとしている三十二歳の男。薄気味悪くて気の毒で、我ながらなんだか笑えてくる。

今日も隣の若者たちは楽しそうだった。

朋樹は二人分の食器を流しに運び、隣室の騒音をＢＧＭに再び原稿に向かった。


「志方《しかた》くん、私に秘密にしてることない？」

編集部の応接スペースで目を通した原稿をトントンと揃《そろ》え、泉美《いずみ》が探るような視線を向けてきた。

藪《やぶ》から棒《ぼう》な問いに「は？」と返すと、泉美は再び原稿を眺《なが》める。

「前々回あたりから原稿に誰か人の手が入ってる気がするんだけど。アシさん雇《やと》ったの？」

編集者の炯眼《けいがん》に恐れ入りながら、朋樹《ともき》は自分の原稿を覗《のぞ》きこむ。

「何かまずいところあった？」

「その反対。志方くん、作業はめちゃくちゃ丁寧《ていねい》だけど、消しゴムかけは嫌いでしょう。いっつもあちこちに鉛筆の線が残ってて、私が消してるんだよ」

「あ、ごめん」

「いえいえ。でもここ三回ほどはそれがない。つまり志方くんじゃない誰かが消しゴムをかけてる」

「名推理」

「やっぱりね！　よかった。やっとやる気になってくれたんだ。早速編集長に言ってもう一本の連載の件を……」

「違う違う、そんなんじゃないよ」

朋樹は慌てて泉美を制した。

「隣に住んでる大学生が、時々手伝ってくれるようになって」

「なにそれ」

「腹減らして行き倒れてるところを助けたら、なんか鶴《つる》の恩返し的な感じで」

「タダ働きさせてるわけ？」

「一応バイト代は払ってるよ」

「なによ、払えるんじゃないの、アシ代。だったら素人《しろうと》の学生なんかじゃなくて、うちがもっと使える子を斡旋《あっせん》してあげるって」

「払ってるっていっても、雀《すずめ》の涙だよ。漫画好きの苦学生で、まあ持ちつ持たれつな感じで」

泉美は目をしばたたいた。

「珍しいね、志方くんが情に動かされるって」

「……俺ってそんなに人でなし？」

「そこまで言ってないわよ。でもボランティア精神に溢《あふ》れているようには見えないわ」

「そうなんだけど、隣人だから知らんぷりもできないし。手伝ってもらえて、こっちも助かってる」

「行き倒れるほど困窮《こんきゅう》してるって、どんな事情なのかしらね」

「さあ。訊《き》いたことないけど」

自分のことを根掘り葉掘り訊かれるのが嫌いだから、朋樹はあまり人の事情にも首を突っ込まないようにしている。

「まあこの不景気で親がリストラされて、仕送りもままならないって感じかしらね」

「そんなとこじゃないかな」

玲央《れお》の話にけりをつけ、次回分のネームの打ち合わせを終えると、泉美が腕時計に目を落とした。

「時間があるなら、このあとごはんでもどう？　たまには接待させていただかないと。奮発《ふんぱつ》するわよ、経費で」

「ありがとう。また今度」

そそくさと荷物をまとめる朋樹に、泉美が失笑する。

「その今度が実現したためしがないわよね。向こうから接待を要求してくる先生だっているのに、無欲なんだから」

無欲なわけではない。早く帰りたい欲の方が強いだけだ。

「だいたい、ここまで原稿を持ってきてくれるのはキモト先生と持ち込みの子くらいのものよ。ご足労いただかなくても、私の方で取りに伺《うかが》うのに」

「気分転換にちょうどいいんだ」

訪ねて来られるのは苦手だ。

編集部をあとにした朋樹は、自分の足取りがなんとなくうきうきしていることに気付く。

朋樹の仕事の進行次第で玲央にアシスタントに入ってもらう日取りは変わってくるが、金曜の夜は仕事に関係なく大概《たいがい》玲央が勝手に遊びに来る。

来る度《たび》に食事を作ってくれる玲央に、たまには何か御馳走《ごちそう》しようと、出版社の近くの有名焼き肉店に寄って、上カルビ弁当を二つ作ってもらった。帰りの電車はちょうど帰宅ラッシュにさしかかる時間で、弁当の匂《にお》いに顰蹙《ひんしゅく》を買いはしないかと冷や汗ものだった。

こんな思いをしながら帰って、今日に限って玲央が来なかったら笑っちゃうよなと、その時にがっかりしないようにあらかじめ心の準備をしつつ八重桜《やえざくら》の公園にさしかかったとき、薄暮《はくぼ》の公園に上半身裸の男を発見して、変質者かとぎょっとした。

「あ、志方さん！」

朋樹に気付いて、飼い主の帰宅を喜ぶ犬のように嬉々とした声をあげたのは、玲央だった。

「……なにしてるの？」

朋樹は怪訝《けげん》に訊《たず》ねた。ここ二ヵ月の間にかなり親しくなった男だが、こんな格好を見るのは初めてだった。服の上からでもいい身体をしているとは思っていたが、脱いだらもっとすごかった。とにかく美しい筋肉の付き方をしている。あまり陽に焼けていないなめらかで張りのある肌《はだ》は作り物のようで、本当に体温があるのか、思わず触れてみたくなる。そしてそんなことを思う自分の性癖《せいへき》がひどく後ろめたく思えた。

朋樹のとまどいなど知る由《よし》もなく、玲央は髪からぽたぽたと雫《しずく》を垂《た》らしながら照れたように笑った。

「えーと、ちょっとシャワー代わりに、ここの水道をお借りしてました」

「今度は水道を止められたの？」

「いえ、まだ大丈夫なんですけど、倹約のために」

公園の水道で頭を洗うほど困窮しているのかと眉根《まゆね》を寄せると、玲央ははっとしたように姿勢を正した。

「すみません、公園の水道料金は税金で賄《まかな》われてるんですよね。俺、将来頑張って働いていっぱい税金払って、この借りは絶対返します！　誓《ちか》って！」

「いや、俺に誓われても。……水、冷たくない？」

七月に入ったといってもまだ梅雨《つゆ》も明けず、夕刻はTシャツの上に一枚羽織りたいような気温である。

「慣れてるから平気です」

「そんなにしょっちゅうやってるの」

「あ、す、すみません！　この借りは必ず……」

「だからそれはいいけど、風邪引いちゃうよ。倹約したいなら、うちの風呂使えば？」

「え、それはダメです。そんなずうずうしい」

「とりあえず行こうよ。弁当買ってきたから、一緒に食べよう」

朋樹が手に提げていた袋を持ち上げてみせると、玲央は目を輝かせた。

「うわっ、豪勢ですね！　まさか上カルビ弁当？」

「うん。ここの食べたことある？」

「バイト先で何回か。めちゃくちゃうまかったです。あ、そうだ」

玲央はぶるっと犬のように髪の水気を飛ばすと、ベンチに走っていって紙袋を手に戻ってきた。

「これ、バイト先でスポンサーさんからもらったワイン。志方さんちに持っていこうと思ってたんだ。焼肉とワイン、いい感じなコラボですね。あ、すみません、ちょっと持っててもらえますか？」

紙袋を朋樹に預け、玲央は小脇に抱《かか》えていたTシャツをかいくぐった。

あ、着ちゃうのか、もったいない。……などと思ってしまったことは、絶対に知られるわけにはいかない。

「ありがとうございます」

玲央はひょいと紙袋を受け取り、ついでに焼き肉弁当の包みも持ってくれた。

「バイトって、どんな系統なの？」

人の事情には立ち入らないのが常だが、ふと気になって訊ねてしまった。

「うーん、強《し》いて言うなら肉体労働系かなぁ」

玲央が考え考え言う。

肉体労働か。頭にタオルを巻いてつるはしを手にした玲央を想像してみる。それはそれでなかなか様になっている気がする。

しかし工事現場のバイトで三千円の弁当が支給されたり、ワインをもらったりするものなのだろうか？

どうでもいいことを考えているうちに、コーポについてしまった。

「お湯を張るから、とりあえず風呂に入っちゃいなよ」

朋樹がすすめると、玲央はなぜかうっすらと赤くなった。

「風呂なんて、とんでもないです！」

「とんでもないって、なにが？」

「あ、いや、ええと、お湯がもったいないし」

「どうせ俺も入るから。年寄りは夏でも湯船につかりたいんだよ」

本当は夏場に浴槽《よくそう》に水をためることは滅多《めった》にないが、玲央の腕に鳥肌が立っているのを見て、湯を張る口実に冗談を言ってみせる。

「……志方さんも入るの？」

笑うか突っ込むかすべき冗談に、玲央はなぜか更に赤くなった。

「入っちゃ悪いか？」

「いえ、あの……」

「ほら、さっさと入ってこいよ」

玲央を無理矢理風呂に押し込み、シンクの洗い桶《おけ》に氷を入れて二本のワインを冷やしながら、俺はいったい何をやっているのだろうと朋樹はこめかみを押さえた。

泉美を部屋に入れるのも苦手なほどの人嫌いなのに、玲央には自分から風呂まですすめている。自分で思っている以上に、どんどんあの青年にハマっていっている気がする。

冷静になれ、と自分に言い聞かせる。風呂を貸すのも、弁当をおごるのも、金銭的に困窮している年若い青年への隣人愛だ。それ以上の感情などみじんもない。ないことにしなくてはいけない。ゲイだということは、絶対に気付かれてはいけない。

朋樹は書棚《しょだな》に歩み寄って、例の成人雑誌を引き抜いた。

ページをめくると、絡まり合う男女の過激な写真が次々と目に飛び込んでくる。

同性愛者は男女の性愛シーンを見ても興奮しないとか、逆に嫌悪感を覚えるとか思われているようだが、必ずしもそんなことはない。エロティックな映像や写真は、性別を超えて見る者を淫猥《いんわい》な気持ちにさせるものだ。

玲央の前では俺はヘテロだ。ヘテロヘテロと唱《とな》えながら、ＡＶ男優に感情移入を試みる。だがふと気付くと、男優の顔は玲央になり、朋樹は組み敷かれる女の子になっている。

「お先にすみません」

玲央の声にはっと我に返って、朋樹は雑誌を本棚に突っ込んだ。

「ちゃんと温まった？」

「もう暑いくらいです」

「俺もさっと入ってきちゃおうかな。腹減ってたら、先に食べてて」

言い置いて玲央と入れ違いに風呂に入る。本当は風呂などあとでよかったのだが、平静さを取り戻す時間がほしかった。

ざぶんと湯船につかりながら、この湯に玲央もつかったのだと思ったら、耳たぶがカーッと熱くなった。

俺ってホントに変態。

穢《けが》れを払うようにいつも以上に念入りに身体を洗い、泡と一緒に邪念も流して風呂から出た。

玲央は弁当に手をつけずに待っていた。ほどよく冷えたワインをあり合わせのコップに注いで特に意味のない乾杯をし、折箱のふたを開けた。

「うわー、このいい匂いだけで白飯三合とかいけそう」

無邪気に言って、玲央は弁当に箸《はし》をつけた。見ている方も気持ち良くなるような旺盛《おうせい》な食欲だ。

食欲と足並みを揃えるようにあっという間にコップを空《から》にした玲央が、朋樹のコップを見て小首を傾《かし》げた。

「全然減ってないけど、もしかして下戸《げこ》？」

「そういうわけじゃないけど」

「ビールとかの方がよかった？」

「いや、好きだよ、ワイン。ただちょっと酒で失敗したことがあって……」

細野《ほその》のことを思い出して、朋樹はぼそぼそ口ごもる。歓迎会でいきなり距離を詰められたときにも、キスを交わしたときにも、アルコールが入っていた。特に酒に弱いわけでも、酒癖《さけぐせ》が悪いわけでもないが、アルコールは人の緊張を解く。自制心がゆるんだ時に流されやすい性格だということを思い知らされて以来、部屋で一人で飲むことはあっても、誰かと一緒に飲むことは避けていた。

「あ、酒の失敗、俺もある。高三の夏休みに、友達の家に泊まって、単身赴任中《ふにんちゅう》のお父さんのウイスキーをみんなでこっそり飲んだんだけど、ほら、まだ自分の適量とかわかんないじゃないですか。もう気付いたときはべろべろで。トイレに行ったあたりから記憶があやふやで、ものっすごい悲鳴で目を覚ましたら、腕の中に友達のお母さんが……」

玲央が思い出したように情けない顔で頭をかいた。

「戻る部屋を間違えた上に、すげー眠くて、お母さんの布団にもぐりこんじゃったんです。いまでも高校時代の友達と会うたびに蒸し返されてからかわれてます」

他愛《たわい》もない失敗談に朋樹は思わず噴き出した。

「志方さんは何をやらかしたの?」

「きみの武勇伝に比べたら、取るに足らないことだよ」

朋樹は笑ってはぐらかした。

「だったらいいじゃん。たまには飲みましょうよ。自宅だし、もう風呂も入ったし、酔っ払ったら寝ちゃえばいいいし。あ、俺はうっかり志方さんの布団にもぐりこまないようにしないと」

過去の失態を茶化す玲央の冗談は、朋樹にとっては冗談にはならなかったが、面白《おもしろ》いことをきいたという顔をしてみせた。

まあ少しなら、大丈夫だろう。

自分が飲まないと玲央も遠慮《えんりょ》するかと思い、朋樹はコップに手を伸ばした。

テレビのニュース番組をBGMに、漫画の話やとりとめのない雑談をしながら、穏やかに時間が過ぎて行く。結局二時間ほどかけてのんびりと、二瓶《びん》を空けてしまった。自分の状態を確かめながらゆっくりと飲んだので、酔《よ》うというほど酔ってもいない。適度に心地よくリラックスして、楽しい気分だった。

「志方さん、今日は仕事は大丈夫?」

「うん。原稿渡してきたし、ネームも通ったし、今日と明日はちょっと一休み。きみは明日も大学だろ?」

「午前中は講義で、午後はバイトです」

「肉体労働系ってやつ?」

「です。明日は結構遅くなるかも」

「大変だな。じゃ、そろそろお開きにしよう」

朋樹がテーブルの上の空《あ》き瓶に手を伸ばすと、玲央が身軽に立ち上がり、それらをキッチンまで運んでくれた。

「あーあ、名残惜《なごりお》しいなぁ。もっと制作秘話とか聞きたかったのに」

大きななりに似合わぬ子供っぽさで口を尖《とが》らす。

「別にそんな話すほどのこともないし。だいたい、俺なんかと話すより、同年代の友達と話す方がずっと面白いだろ」

「そんなことないです! いや、友達は友達でめちゃくちゃ楽しいけど、俺、志方さんと喋るの、すげー好きです。なんか和《なご》むし」

朋樹の胸はぎゅっと甘くよじれた。今の台詞《セリフ》は永久保存だ。今晩百回くらい思い出して幸福に浸《ひた》ろう。

……という心中などおくびにも出さず、年長者の顔で呆《あき》れてみせる。

「さっきの友達のお母さんの件といい、きみって熟年フェチ？」

「えー、熟年ってなんですか。友達のお母さんはともかく、志方さんはまだ三十代でしょ。

……いや、あいつのお母さんもあの頃はまだ三十代だったか。とにかく熟年はないです」

熟年がありかなしかということよりも、自分が玲央本人よりその親の世代に近い年なのかというとことにうっかり打ちのめされそうになる。

いやいや、打ちのめされている場合じゃない。相手は単なる隣人で、時々アシスタントにきてくれる好青年。それ以上のものではないのだと改めて自分にしっかり言い聞かせる。

瓶とコップを片付け終えた玲央は、今度は机の上の弁当の容器やつまみのスナック菓子の空き袋などをてきぱきとまとめはじめる。

「いいよ、そんなの俺がやる」

「ついでですから」

中腰になった玲央のポケットから、財布が今にも落ちそうにぶら下がっている。注意しようと思った矢先、それは床に落下した。

「落ちたよ」

拾い上げた拍子に、柔らかい革の財布の札入れの部分が開き、空っぽなのが見えてしまった。

「……空じゃん」

「ひどいなー。空じゃないですよ。定期と五百二十三円が入ってます」

玲央は得意げに微笑《ほほえ》んだ。

「それ、全財産？」

「いえいえ、口座にぎりぎり今月の光熱費分だけは残ってます」

胸を張る青年に、ちょっと唖然《あぜん》とする。なんて明るい苦学生だ。

『収入を増やしたいとは思わない』などと投げやりに嘯《うそぶ》いてみせる朋樹だが、それは暮らしていくに困らないだけの収入はすでにあるからだ。前の仕事をやめた時だって、それなりに蓄えがあって、多少なりとも退職金も出て、だからあんなふうに世を拗《す》ねていられた。所持金五百円でこんなふうに笑える若さも強さも明るさも、朋樹にはない。

朋樹は自分の仕事机から財布を取ると、二万円ほど引きぬいて、玲央の財布に突っ込んだ。

玲央が怪訝そうな顔をする。

「何してるんですか」

「ごはんとか掃除とかしてもらってる分のバイト代、やっぱり出すよ」

「だからそれは俺も恩恵にあずかってることだし」

「肉体労働のバイトをしてるんだから、お昼だってちゃんと食べなきゃだめだよ。若さを過信してると身体を壊すよ」

玲央は無言でじっと朋樹を見ていた。いつもの笑顔が消えて、いつになく硬い表情をしている。もしや怒っているのかと、朋樹は焦《あせ》ってかぶりを振った。

「あ、いや、ごめん。失礼だったら謝るよ。だけど恵んでやる的な上から目線でやってるわけじゃなくて、これはホントにバイト代だから。きみの労働に対する、正当な対価だ」

俺は何を必死に言い訳をしているんだと、言葉を連《つら》ねながら自分に対して訝《いぶか》しむ。

プライドを傷つけたのではないかと詫《わ》びる気持ちにも、正当な対価という言葉にも、嘘はない。だがなんともいえないこの後ろめたい感じは何だろう。

実際のところ、それが何なのか朋樹にはわかっていた。

バイト代とかそんなことはどうでもいい。本当は自分の銀行口座の金をすべて渡してもいいくらい、朋樹は玲央を好ましく思っていた。

ある意味、細野のときの何倍もたちが悪い。あの時は、恋に恋するような感覚だった。今はそうじゃない。一回りも年下のこの学生に本気で心惹《こころひ》かれている。それが後ろめたくて、必死で言い訳をしているのだ。

玲央は立ち上がると、朋樹の手から財布を取り上げた。

口を真一文字に結んだ表情はいつになく精悍《せいかん》で、少し怖かった。

やっぱり怒らせたのだ。プライドを傷つけてしまったに違いない。

もう少し気遣《きづか》いのある援助の仕方だってあるのに、デリカシーもなくいきなり財布に現金をねじ込むなんて、そうと気付かぬまま酔っ払っているのかもしれない。やっぱり酒など飲まなければよかった。

「志方さん」

不機嫌そうな低い声で呼ばれて、朋樹は思わず身を硬くした。

「いや、ごめん。ホントに気を悪くしたなら謝るよ。ただ俺は……っ!?」

言い訳を紡《つむ》ぐ唇が思わず動きを止めたのは、いきなり玲央に抱きしめられたからだった。

「は……長谷川くん……?」

思いがけぬ抱擁《ほうよう》に、心臓がバッキンバッキンとものすごい勢いで動き出し、身体中を熱い血液が駆《か》け巡《めぐ》る。アルコールも一気に回っていく感じがした。

息苦しいほどにぎゅうぎゅうと朋樹を抱きすくめながら、玲央は朋樹の耳元で囁《ささや》いた。

「好きです」

「……は?」

景色がぐるんと回る。

なんだよこれ?　俺はいったいどんだけ酔ってるんだ?

玲央の身体は見た目以上にがっしりと引きしまり、朋樹が身じろいでもびくともしない。鼻先をかすめる少し長めの髪から香るのは、朋樹がいつも使っているシャンプーのはずなのに、自分の髪とは違うえもいわれぬいい匂いがする。

「……あの、長谷川くん、」

「志方さんが普通に女の人が好きだってことは、もちろんわかってます」

「な、なんで?」

動揺のあまり、ずれたことを問い返してしまってから、我に返る。同性より異性が好きなのは、一般的にはあたりまえのことだ。なんでもなにもあったもんじゃない。

しかし玲央は書棚の方に顎《あご》をしゃくってみせた。

「すみません、志方さんが風呂に入っている間、手もち無沙汰でちょっと本棚を見せてもらってて、たまたまエロ本を見つけちゃって。志方さんみたいにストイックな感じの人でも、ああいうの見たりするんですね」

ストレートを装うために買った雑誌なのだから、非常に役に立ったということなのだろうが、いい歳をしてムッツリスケベの濡《ぬ》れ衣《ぎぬ》を着せられたようで、更にうろたえてしまう。

「あ、あれは、その、」

「わかります。俺だって普通に女の子が好きです」

「そ、そうだよね。うん、そうだよ、普通」

きっぱり言われて、安堵《あんど》と落胆《らくたん》が入り混じる。

「いや、好きでしたって言うべきかな。今までつきあった相手は、女の子ばっかだったけど、志方さんと出会ってから、俺、ヘンなんです」

「……変？」

「あんなところで行き倒れてる野郎なんて普通は放っておくのに、志方さんは親切に手を差し伸べてくれて」

「そ、それは隣人として当然のことだよ」

「そんなことないです。有名人なのに、プライベートが露見《ろけん》することも恐れずに俺を部屋に入れてくれた」

「別に有名人じゃないし」

「すごくやさしくて、すごい才能を持ってて、でも全然驕《おご》ったところがなくて」

「この程度の能力で驕りようもないから」

「最初は、尊敬っていうか、敬愛だった。でも、段々、すごいのに可愛《かわい》い人だなって思うようになっていったんです」

カーッと耳が熱くなる。

「かっ、可愛いって、俺をいくつだと思ってるんだよ」

「うん。一回りも年上の人に失礼なことを言ってるって思うけど、ペンを持つ手が骨ばってるのに案外華奢《きゃしゃ》なところとか、原稿を描いてる時に無意識に口を尖《とが》らせてる顔とか、見てたらなんかすげー可愛いなって」

子供の頃から集中するとタコ口になると親に指摘されていたことを思い出し、気をつけなければと赤面する。

「それに、これは絶対俺の思い違いだってわかってるんですけど、俺がここから帰る時、いつも志方さんの顔が心細げで淋しそうで、こんなふうにギュッてしたくてたまんなかった」

思い違いではない。玲央が帰る時には、何気ないふうを装いながらいつも名残惜しくて、なにか引きとめる口実はないかと探している朋樹なのだ。

「自分が志方さんのことを好きなんだって気付いてからは、迷惑でしかないから絶対に気付かれないようにしようって自分に言い聞かせていました」

それはこっちの台詞なんだけど。

「でも、今日はいきなり志方さんちで風呂とかいう展開だし、風呂あがりの志方さんの色っぽい姿を見た時から、なんか箍《たが》が外れかけてて……」

だからそれもこっちの台詞だって。

「き、きみ、おかしいって」

喜びよりも明らかに当惑が勝る。

おかしい。絶対におかしい。芸能人かと見紛《みまご》うほど美しい若者にこっちが見惚《みと》れるのはまだしも、自分のような冴《さ》えない引きこもり中年を色っぽいだなんて、本気で言っているわけがない。

「おかしくなんかないです」

　玲央は朋樹をかき抱いたまま、苦しげに告白する。

「なんとか平静を装って、今日も最後まで陽気でバカな隣人のふりをしようと思ったのに、志方さんにあんなやさしいことされて、俺……」

「あ、あのね、」

「素性《すじょう》も知らない学生に、あんな金をポンと」

「気を悪くしたんだったらホントにごめん」

「逆ですって。すごい感激しました。志方さんって本当にやさしい人ですね」

「いや、ほら、困った時はお互い様ってやつで、もう、まったく、他意はないから」

「うん。相手が俺じゃなくても、きっと志方さんは困ってる人を見たら放っておけないタイプなんだと思うんです。それはわかってます」

　だからそれは大いなる誤解だ。俺は元来人見知りで、厄介事《やっかいごと》からは目をそむけるたちだ。

「そういう下心のないやさしさが、志方さんをより美しく輝かせているんですね」

　だから誤解なんだって。俺は下心のかたまりだ。

「長谷川くん、結構酒弱くない？　相当酔ってるだろう」

　朋樹は壊れそうにドキドキいう心臓の音を悟られまいと、両手でぎゅぎゅっと玲央の胸板を押し返した。

「酔ってません」

「酔ってるやつほどそう言うんだよな」

「ワインの一本や二本で酔いませんよ。志方さんこそ大丈夫？　顔、真っ赤ですよ」

朋樹が押しやったせいで見つめ合うだけの隙間ができ、玲央が間近からじっと朋樹の顔を眺めおろしながら言った。

朋樹はうなずいてみせた。

「うん、酔ってるかも。そろそろ眠くなってきたし」

年長者らしく意地を張らずに認めて、婉曲《えんきょく》に辞去を促《うなが》す。

実際、玲央の抱擁であまりにも激しく心臓が動いたせいで、一気に酔いが回ったような感覚がある。今の一連の出来事は、酔いが見せた夢だったのかもしれない。だってあまりにも都合が良すぎる。密《ひそ》かに好意を抱《いだ》いていた隣室の美青年が、実は自分を想《おも》っていてくれて、めでたしめでたし。そんな都合のいいことが、この自分の人生に起こるはずがないのだ。

ふと微《かす》かな風を感じてうつろな視線をあげると、玲央の端整な顔が恐ろしく近くにあった。うまくピントが合わないのは老眼でも始まっているのか、あるいは距離が近すぎるせいなのか、などと考えているうちに、唇を塞《ふさ》がれていた。

「……っ！」

唇が触れ合った瞬間、全身に電気が走った。人生で二度目のそのキスは、朋樹に初めてのキスのことを思い出させた。屈辱《くつじょく》に満ちた細野とのキスのことを。

好きな相手にくちづけられる幸福感と、思い出したくもない過去の出来事が交錯《こうさく》し、気が付いたら、朋樹は玲央を思いっきり突き飛ばしていた。

「……っ、すみません、俺……」

数歩後退した玲央が悄然《しょうぜん》と朋樹を見ている。

「男同士でなに考えてるんだよ。友達との罰《ばつ》ゲームかなんか？」

自分でも驚くくらい、低く不機嫌そうな声が出た。

「隣のチョロそうな男をからかってやろうって？　外で誰かが隠《かく》し撮《ど》りとかしてるんじゃないの」

朋樹はわざわざ窓際まで行って、カーテンの隙間から外を見た。静まり返った深夜の通りに人影などありはしない。

「……そんなふうにとられるなんてショックだけど、そうですよね、いきなり男にコクられたらキモいですよね」

玲央が力のない声で、ポツリポツリと言った。

「受け入れてもらえるわけないって、わかってます。でも、どうしても好きで、我慢できなくて、こんなことしたら今までのいい関係も全部壊れるってわかってるけど、でも、好きなんです」

それはまさしく朋樹の心中だった。

朋樹はカーテンを摑《つか》んだまま、振り返った。

端整な顔を切なげにゆがめて、玲央がじっと朋樹を見ている。その澄んだ瞳にクラっとくる。

こんなに魅力的な青年が、こんなに切なげな顔で、自分のことを好きだと言う。

騙《だま》されているとしても、それはそれでいいじゃないか。流されてしまえ。心の声がそう叫ぶ。

一方で、真に受ければまた同じ痛みを味わうことになるぞと、もう一人の自分がブレーキをかける。同じどころか、想いの強さからいって、もしもこれがからかいだったときの傷心は細野の時の比ではない。

あとから思えば、朋樹は完全に酔っていたし、予想外の出来事にパニクって、まともな判断力を失っていた。

朋樹は妙に冷静にあたりを見回し、玲央のエプロンを見つけて拾い上げた。それから玲央の元に戻り、ひとこと言った。

「座って」

「……え?」

「いいから座って」

玲央は怪訝そうに眉をひそめながら、その場に腰をおろした。

朋樹はその背後に回り、玲央の両手を後ろに引いた。

「え？　何？」

「動かないで」

　やや強い口調で制して、朋樹は玲央の両腕をエプロンの紐《ひも》で縛《しば》った。絶対に結び目が緩《ゆる》まない新聞紙の束《たば》ね方《かた》、というのを数日前にテレビで見たのを思い出しながらきつい結び目を作る。

　それから玲央の身体を、ごろんと床に転がした。

「な……何するんですか。そんなことしなくても、もう志方さんのことを襲ったりしませ……え？　ちょ、ちょっと志方さんっ！」

　玲央が声を裏返したのは、朋樹が玲央のベルトに手をかけたからだった。

「ちょっ、志方さん、待って、な、何を、うわっ」

　朋樹は玲央のベルトを外し、ジーンズの前を寛《くつろ》げた。余分な肉など微塵《みじん》もない硬い腹筋にうっとりし、その下のトランクスのふくらみにドキドキする。

　そのふくらみに手を伸ばすと、玲央の腰がはねた。

「な、何……」

　初めて触れる他人のものに、異様な興奮がこみあげてくる。

「し、志方さん、いったいどうしたんですかっ」

「うるさいよ！　気が散るから、ちょっと黙ってて！」

　一喝《いっかつ》すると、玲央は驚いたように目を見開いた。

「……志方さん、なんかキャラが違うんですけど」

太腿の上に馬乗りになると、背中で縛られた腕に負荷がかかって痛んだようで玲央が顔をしかめたが、構っている余裕がなかった。

玲央が欲しい。けれどまた細野のときのようなみじめな思いはしたくない。

そんな葛藤《かっとう》の中で酔っ払いがひらめいた解決策は、悪人になることだった。

押し下げたトランクスから、玲央の性器が顔を出す。容姿だけではなく、こんなところまで逞《たくま》しくて美しい形状をしている。

一体俺は何をやっているんだという混乱と、言い知れぬ興奮にぐらぐらしながら、朋樹は身体を下にずらして、そこにいきなり唇を寄せた。

「うわっ、ちょっと、し、志方さんっ⁉」

口淫《こういん》などしたこともされたこともないが、硬さとしなやかさをあわせもつそのなめらかで淫《いん》靡《び》な器官に舌を這《は》わせたら、夢中になった。

「志方さんっ、ちょっ、なんか、展開がおかしいですって！　なんでいきなりこんな……っ、あっあっ……」

ぬるぬると顎を上下させると、「オ」の形の唇の輪の中で、玲央のものがぐんと漲《みなぎ》っていく。

朋樹は玲央の身体の横についた左手で上体をささえ、右手を自分のイージーパンツの中に忍び込ませた。口の中で質量を増す玲央に連動するように、朋樹のものも興奮に形を変えていた。

やがて先端から溢れだしたものを、後ろのすぼまりへと塗りこめる。

三十二にしてセックスの経験は皆無だが、自慰《じい》の時に自分で後ろをいじったことはある。

人の性器にむしゃぶりついて、自らの尻《しり》に指を突っ込んでいる自分を最悪だと思ったが、それでも興奮は醒《さ》めなかった。

「……っ、ねえ、もう無理だから、出ちゃうから、ストップ！」

必死で制止する玲央のうわずった声が、ひどく色っぽいと思う。

これ以上ないほど硬く猛《たけ》ったものから、名残惜しく唇を離す。顎がだるくてうまく閉じられない。口の傍《はた》から生温《なまあたた》かい唾液《だえき》が伝う。ゆっくりと身体を起こすと、体重を支えていた左の手首が反《そ》った形のまま固まって、みしみしと痛んだ。

朋樹は腰を浮かして、イージーパンツとトランクスをずらした。

「志方さん……」

胸板を上下させながら、玲央が混乱と興奮の混じり合ったようなかすれ声で朋樹を呼ぶ。

一人で勝手に興奮している朋樹の間抜けな下半身を見ても、玲央の性器は形を変えなかった。

それどころか更に大きさが増した気さえする。

「萎《な》えないなんて驚いた」

「え？」

「俺のこの滑稽《こっけい》な格好を見ても、全然萎えてない」

玲央は眉間《みけん》にきゅっと皺《しわ》を寄せた。

「萎えるはずないじゃん。好きな人にいきなりあんなことされて、そんな格好を見せられて、俺、頭の血管切れそう……」

口先の嘘はつけても、身体は嘘をつけない。玲央の興奮が本物なのはよくわかった。そしてそれを見て更に興奮している自分がいることも。

朋樹は玲央の腰に馬乗りになり、玲央の切っ先を自分のすぼまりにあてがった。

「え？　ちょっ……し、志方さん、ちょっと待ってくださ……あ……」

後ろを使った自慰行為がずっと後ろめたかった。後ろだけに。いや、そうじゃなくて、あの虚《むな》しく情けない自慰は、実はこの日への布石だったのだ。……などと、酔いと興奮で混乱した頭が考えることはもうわけがわからない。

「ん……っ」

呻《うめ》き声《ごえ》を嚙み殺して、朋樹は自らを切り裂いた。もののたとえではなく、本当にぴりっと切り裂けた感じもしたが、そんなことを気にする余裕もなかった。

玲央のペニスはあたりまえだが指などとは比べ物にならない太さと長さを持っていた。しかしアルコールと興奮という二種の麻酔《ますい》と、自らの重みとに助けられ、朋樹はそれを身の内に受け入れた。

待てとかちょっととか騒いでいた玲央も、自分の刃《やいば》がすっかり鞘《さや》に収まってしまうと、もう

あれこれ言う理性を失ったらしい。男の性《さが》とはそういうものだ。

朋樹ははあはあと息を弾《はず》ませながら、ゆっくりと腰を動かした。

「すげ、志方さん、」

玲央の美しい顔に、恍惚《こうこつ》とした表情が浮かぶ。目の焦点《しょうてん》が甘くなり、うっすらと開いた唇から、艶《つや》やかな吐息《といき》が漏れる。

自分が玲央にこんな顔をさせているのだと思ったら、身体中が甘酸《あまず》っぱくよじれた。

もっと玲央を気持ち良くしてやりたくて、朋樹は痛みに耐えて腰を振ったり回したりした。

もうこれ以上大きくなりようがないと思っていた玲央が、身体の中で更にグンと育ったのを感じて、身震いする。

もっともっと感じさせたい。

そう思った矢先、下から玲央が腰をゆらゆらとグラインドさせた。

「あっ……ん」

思いもよらないほど切羽詰《せっぱつ》まって濡れた悲鳴が朋樹の喉からこぼれ出た。

三十二歳が出してはいけない声に、かーっと顔に血がのぼる。

「やっ、違う、今のはっ、あっ」

言い訳しているそばから再び玲央に揺さぶられて、切迫した喘《あえ》ぎ声《ごえ》がこぼれる。

男は初めてだと言っていたくせに、玲央は恐ろしいほど的確に感じるスポットをついてくる。

「バ、バカ、やめろ……あっあっ……っ」

「志方さん、気持ちいいの?」

興奮のにじむ甘い声で、玲央が下から訊ねてくる。

このままではあと数回揺さぶられたらイってしまう。

あまりの快感にうろたえ、気が付いたら組み敷いた青年の頬を張っていた。

力いっぱい叩いたわけではない。だが玲央は相当驚いたようで呆然《ぼうぜん》と朋樹を見上げている。

「し……志方さん?」

「今度動いたら殺す」

なんとか相手の動きを止めなければと思うあまり、短く物騒な台詞が口をついた。

何これ。俺ってどこの女王様? 縛り上げて、馬乗りになって、挙句にビンタで「殺す」って……。

「志方さんがSだったなんて……」

「幻滅《げんめつ》した?」

訊ねながらも答えは待たずに朋樹は主導権を取り返してゆらゆらと腰を使った。玲央が気持ち良くなれるように、でも自分のウィークポイントを刺激しないように。

ここでうっかり自分が先にイってしまったりしようものなら、きっと陰で嘲笑《あざわら》われる。

誰がなぜ嘲笑うのかは知らない。だがここまできてもまだ騙されているという被害妄想《もうそう》は消えず、過去の傷と、今の快感と、玲央への恋情と、自己嫌悪がぐつぐつと大鍋《おおなべ》で煮込まれているような感じだった。

「すげ、ヤバい、もう……ああっ……」

玲央が切なげな声をあげる。

見えない誰かに、遊び慣れている自分を演じてみせながら、朋樹は未熟な技術のすべてを込めて、玲央を高みへと連れて行った。


うっすらと覚醒《かくせい》する意識の中で、最初に感じたのは尻《しり》の違和感だった。なんだろう、このひりひりとした痛みは。激しい下痢《げり》をしたときのような、何かを無理矢理突っ込まれてこすりたてられたような……ような……。

そこで一気に目が醒《さ》めて、朋樹《ともき》はバッと身を起こした。

「……っ!」

とたんに二日酔《ふつかよ》いの頭痛と、下半身で傷口がぴりっと開く痛みを感じて、顔をしかめる。しかめた顔のまま、手探りでメガネを探しあててかけ、部屋の中を見回した。

玲央《れお》の姿はなかった。

時計はすでに正午をまわっており、部屋の中はひどく蒸し暑い。

床の上に、紐《ひも》が引き千切れたエプロンが落ちていた。

昨夜の出来事をまざまざと思い出し、朋樹はさーっと青ざめた。

俺はなんという恐ろしいことをしてしまったのだろう。

酔っていたなんて理由にならない。俺は最低の人間だ。

玲央もどうやら相当酔っていたようだった。行為のあと、しばらくは朋樹の真意を問《と》い質《ただ》そうとしてきたが、朋樹が黙っていると、やがてすうすうと寝入ってしまった。

朋樹はその若く美しい寝顔を眺《なが》めながら、明け方近くまで自分の愚《おろ》かさに責めさいなまれていたが、慣れない運動のためかさすがに疲れきっていたようで、いつの間にか眠ってしまったらしい。

玲央は大学に行ったのだろう。今頃友達に昨夜の話をしているかもしれない。隣の中年男に襲われたおぞましい話に尾ヒレをつけて……いや、尾ヒレなんかつけなくたって、十分におぞましい。みんなで「キモい」と笑っているかもしれない。

笑うどころか怒っているかもしれない。昨日のあれは、下手《へた》をすれば性犯罪だ。自由を奪って、本人の意思を無視して性行為に及《およ》んだ。玲央が被害届を出せば、俺は犯罪者だ。今しも警察が乗り込んでくるかもしれない。

そういえば戸締まりはどうなっているのだろう。

朋樹はあちこち痛む身体を引きずって玄関に向かった。

ドアはきちんと施錠《せじょう》されていた。

よかった。いきなり警察に踏みこまれることはない、と一人ごちてその場にへたり込む。

本当は警察なんかどうでもよかった。わざとそんなことを考えたのは、もっと考えたくないことから意識をそらしたかったからだ。大好きな相手に、あんなことをしてしまった。絶対軽《けい》蔑《べつ》されたたし、嫌われた。傷つけたかもしれない。最悪だ。

朋樹は郵便受けの底に落ちていた鍵《かぎ》をつまみあげ、それを両手の間にギュッとおさめた。最後に玲央が触《さわ》った鍵から、そのぬくもりを感じとろうとするように。

その時、突然インターホンが鳴った。心臓が口から飛び出しそうになり、朋樹は腰を抜かしたままビクッと身を竦めた。

少し間を置いて、今度はドアが遠慮《えんりょ》がちにノックされた。

「志方《しかた》さん？　いないの？」

声の主は玲央だった。

全身から冷や汗が伝う。

居留守を使おうかと思ったが、このままずっと顔を合わせずにいられるわけもない。

朋樹は汗で湿った手で、鍵を開けた。

玲央は怒った顔でも傷ついた顔でもなかった。表面上はいつもとかわらない温和な表情だ。

「大学は？」

言うべきことはほかにあるはずなのに、口から出てきたのはそんな問いだった。

「午前中の講義は終わって、このあとバイトです。……ええと、あの、身体、大丈夫ですか？」

被害者から逆に気遣《きづか》われて、決まり悪く視線を俯《うつむ》けると、玲央の手首の鬱血《うっけつ》が目に入った。

左手は腕時計に隠れているが、右手の方はくっきりと見える。

酔いに任せて朋樹がエプロンの紐《ひも》でぐるぐる巻きにした痕《あと》だ。

「……ごめん、それ、痛い？」

「え？　ああ、これ？　全然平気です」

「いや、でも学校とか、バイト先とか、色々まずいよね……」

「平気ですって。バイトはどうせ長袖《ながそで》だし」

玲央は白い歯を見せて笑う。

そうか、Tシャツにつるはし姿を想像していたが、言われてみれば昨今屋外での肉体労働は怪我防止のためか夏でも長袖を着ていたっけ。

「あの、これ」

玲央は手にしていたドラッグストアのレジ袋を、しおしおと朋樹に差し出してきた。

中を覗《のぞ》くと、飲み物のペットボトルが数本、おにぎりとサンドイッチ、そして外傷用の軟膏《なんこう》が入っていた。

「その、ええと、出血してたみたいだし、もしかして昼飯とか買いに行くのもしんどいかなって……」

怒るどころかそんな気遣いをしてくれる青年のやさしさと、切れた尻を心配される恥辱《ちじょく》に頭が沸騰《ふっとう》しそうになる。

返答に詰まる朋樹に、玲央が焦《あせ》ったように言い添えた。

「っていっても、それ、昨日志方さんにお借りした金で買ったんです。すみません」

「……貸したわけじゃないよ。あれはきみの金だ」

玲央は困ったような顔で、コホンと咳払《せきばら》いをした。

「あの、その、昨日のアレなんですけど、アレはつまり俺の告白に対する返事っていう意味でOKですか?」

「え?」

「いや、こんなことを口で確認するのは不粋《ぶすい》だって思うんですけど、俺、同性を好きになったのって初めてで、しかも年上っていうのも初めてで、大人の機微《きび》とか? そういうのわかんなくって」

生真面目《きまじめ》な顔で言う青年を見つめて、朋樹は思わずこめかみを押さえた。

玲央の想いに、女王様プレイで応《こた》えたと？　それが大人の機微だと？

どう考えてもおかしいだろうと突っ込みたいところだが、そもそもおかしいのは朋樹の行動の方なのだから、突っ込んでいる場合ではない。

朋樹はメガネを押し上げながら少し考え、口を開いた。

「昨夜は酔ってたよね、二人とも」

酔ってないです、と返そうとしたらしい玲央を遮《さえぎ》って、朋樹は続けた。

「俺は酔ってたし、同じだけ飲んだきみも酔ってた。そういうことじゃないかな」

そういうことってどういうことだよ？

俺はどんだけずるい大人なんだ。

「……じゃあ、素面《しらふ》の今、もう一度言います。俺は志方さんのことが好きです」

真摯《しんし》な瞳で言われて、心臓がまたバクバクとありえない早さで暴れ出す。

俺も、俺の方こそ、きみのことがたまらなく好きだよと、言いたいのに怖い。

やっぱり信じられない。ストレートのこんな好青年が、自分なんかを好きになるはずがない。

絶対に裏がある。絶対に騙《だま》されている。「俺も好き」なんて答えたら、そこの階段の陰から玲央の友人たちが「ドッキリ大成功」とかいうプラカードを持って哄笑《こうしょう》しながら現れるんじゃないだろうか。

玲央が、返事を待つようにじっと朋樹を見下ろしている。

朋樹は内心の大嵐を悟られまいと、極力落ち着いた声を出した。

「俺も、きみのことは隣人として感じのいい好青年だと思ってるよ」

持って回った言い方に、玲央が軽く眉根《まゆね》を寄せる。

「それってどういう意味ですか。いわゆる『いい人なんだけど……』的な断り文句？」

「そうとってくれていい」

「じゃあ、どうしてあんなことを？」

「……ごめん。悪かった。ひどく酔ってたんだ。言ったろ、前にも酒で失敗したことがあるって」

「すみません、俺が無理に飲ませたから」

殊勝《しゅしょう》な顔で謝りながら、「でも」と玲央は納得しかねるように続けた。

「志方さんは酔った勢いだけであんなことする人じゃないですよね。ていうかそもそも、普通に女の人が好きなんですよね？」

「女も男も、どっちもＯＫなんだ」

朋樹は極力いい加減に聞こえる口調で言った。

「こう見えて結構モテるし、それなりに遊んでるんだよ。まあもう三十二だし色々経験してる。でも最近は仕事が忙しくてちょっとたまってたし、そこにアルコールが入って、ついあんなことを……。ホント、ごめん」

玲央の告白が本当だとすれば、相当ひどい言動ということになる。だが、玲央の気持ちを疑い続けている朋樹にとっては、それは自分を取《と》り繕《つくろ》うための必死の虚勢《きょせい》だった。

玲央が疑り深げな視線を向けてくるので、朋樹は尚《なお》も言《い》い募《つの》った。

「そりゃ、きみみたいに若くてかっこいい子から見たら、俺がモテるなんていってもたかが知れてるだろうけど、まあほら、一応人気商売だし、それなりに金も持ってるし」

どんだけ嫌なやつなんだよ、その設定。それでも嘲笑《ちょうしょう》されるよりは嫌なやつと思われる方がまだましだ。

「いえ、志方さんはすごくモテると思います。きれいだし、やさしいし、有名人だし。でも……」

「でも?」

「その……、遊び慣れてる人は、出血したりしないのかなとか」

もじもじしながらいきなり図星を指されて内心うろたえる。だがなんとか顔に出さないようにして、これだから素人《しろうと》は、みたいな表情を作ってみせる。

「男の場合、慣れていたってなんの準備もなしにやれば、そういうこともあるんだよ。女の子みたいに濡《ぬ》れる器官じゃないんだから」

自分の台詞《セリフ》に赤面しそうになって、わざとぞんざいに言い添える。

「あ、病気は持ってないから安心して。ちゃんと定期的に検査受けてる」

検査は嘘だが、性交渉《せいこうしょう》の経験はないからそっち方面の病気を持っている可能性はゼロに近いと思う。

玲央は無言で朋樹を見つめていた。怒ったのか、呆《あき》れたのか、傷ついたのか、それともドッキリの失敗にがっかりしたのか、その表情からは読みとれなかった。しばし気まずい沈黙が流れる。

「バイト、行かなくていいの?」

朋樹が声をかけると、玲央ははっと我に返った様子で腕時計に目を落とした。

「行ってきます。ええと、あの、またアシスタントに入る日を連絡ください」

ぺこりと頭を下げると、玲央は一瞬じっと朋樹を見つめてから、長身を翻《ひるがえ》して眩《まばゆ》い日差しの中へと駆けていった。

朋樹は再びへなへなと玄関先に座り込んだ。

なにやってんだよ、俺。バカすぎる。ありえない。

一回りも年下の、ついこの間まで未成年だった子供に振り回されて。それとも振り回して?

そんなことはあるはずがないけれど、もしも、万が一相手が本気だったら、ものすごくひどいことをしてしまった。保身と己《おのれ》の欲望のために、傷つけ穢《けが》し軽んじた。かつて自分がされたことを、玲央にしてしまったことになる。

だがすぐに朋樹はそれを否定した。本気のはずがない。絶対になにか裏がある。だから自己防衛のために、仕方なかったのだと、堂々巡《めぐ》りの自己弁護に走る。

どちらに考えても気持ちはもやもやとして、気は晴れなかった。

「……人生最初で、多分最後の性交渉があれってどうなんだよ」

玄関ドアに向かってボソボソと呟いてみる。

最低だ。本当に最低だ。

最低なのに、玲央が自分の中に熱いものを放った瞬間のぞくぞくする感覚を思い出すと、得もいわれぬ震えが走った。

初めての経験が好きな相手とだった、ということだけは、最低ではなかった。

今頃になって、顔じゅうが熱くなり、朋樹は玲央にもらったレジ袋を抱きしめたまま、しばらくその場にうずくまっていた。


「ここ、全部点々で大丈夫ですか？」

座卓から指示を仰《あお》ぐ玲央《れお》を振り返って、朋樹《ともき》はメガネの奥の目をこらした。

「ああ、うん。オッケー。その下のところはベタでお願い」

「了解です」

テレビドラマが小さな音量で流れる室内に、二本のペンの音が交錯《こうさく》する。

とんでもない初体験の日から二週間が過ぎ、朋樹と玲央は以前と変わらない空気で仕事をしていた。

できれば玲央とは顔を合わせたくなかったし、もう二度とアシなど頼めないと、当初は思っていた。しかし連絡をとらなければ、却《かえ》ってあの晩のことに意味を持たせてしまうのではないかという気がした。酔《よ》った上でのおふざけの延長だったと言い張るためには、何事もなかった顔で連絡をする必要がある、と。

誰に対するどういう見栄なのか、もはや自分でもよくわからないが、とにかく自分を取《と》り繕《つくろ》わねばという強迫観念に朋樹は常に突き動かされていた。

メールでアシスタントの日取りを伝え、都合が悪かったら別にいいからと書き添えた。玲央の方で来たくないというなら、引きとめる必要はない。いっそそうして疎遠になればいいとさえ思った。

しかし玲央はすぐにＯＫの返信を寄こし、約束の日に普通にやってきた。

普通に原稿を手伝い、普通に帰る。おかしな空気は一切なく、そんなことが数回続いて、あの晩の出来事は夢か幻《まぼろし》だったのではないかという気がしてきた。

多分、玲央もあれが酔《よ》った上での事故のようなものだと理解してくれたのだろう。やや不自然ではあるが、そう無理矢理考えることにした。

今夜も玲央はごく普通の顔でやってきて、チャーハンを作ってくれた。二人でそれを食べたあと、原稿に向かってかれこれ三時間。玲央が点々を打ち終え、朋樹がすべての原稿をチェックし終えたところで、作業が終了した。

「お疲れさん」

朋樹はうーんと伸びをして、玲央にねぎらいの言葉をかけた。

玲央は完成原稿を眺《なが》めながら、目を輝かせている。

「今回の話もすごい面白《おもしろ》かったです」

「ありがとう」

「ほのぼのしてるのに、ここかとかぎょっとする毒があって、うわーってなりました。アシスタントって役得ですよね。誰より早く作品が読めて」

嬉しそうに笑う顔が眩《まぶ》しい。

「でも、売れっ子漫画家さんって、担当さんが仕事場に詰めてて、できたそばから原稿を持っていくみたいな感じなのかと思ったけど、志方さんのところに編集の人が来てるの、見たことないな。昼間来てるの？」

「いや、担当がここに来ることってほぼないよ。打ち合わせがてら、自分で持っていっちゃうから」

「え、わざわざ？　面倒じゃないですか？」

「いい気分転換だよ。部屋に他人を入れるのって、落ち着かなくて好きじゃないんだ。それで今までアシスタントも使ったことないし」

何気なく言ってしまってから、はっと我に返る。今の言い方、まるで「きみは特別」みたいに聞こえなかっただろうか。そんなふうにとられたら、せっかくの何気ない空気が台無しになってしまう。

「あ、でも最近、データ原稿に移行してる作家が多いから、原稿も宅メールとかで送っちゃう場合が多いみたいだよ」

自分とは無関係な方向に話を振ってごまかす。

「そうなんですか」

玲央は原稿を丁寧に座卓に揃《そろ》え、自分の鞄《かばん》に手をかけた。どうやら帰り支度《じたく》らしい。

自分の考えが杞憂《きゆう》だったことに胸を撫《な》で下《お》ろす。

「ご苦労さまでした。あ、今週分のバイト代、計算するね」

立ち上がりかけた朋樹を玲央が制した。

「ちょっと待ってください」

玲央は鞄から財布を取り出し、二万円を引き抜いて朋樹の前に置いた。

「今日、昼のバイト代が入ったので、この間お借りした分をお返しします。ありがとうございました」

相手の律儀《りちぎ》さに目を瞠《みは》る。

「それはいいって言ったのに」

「けじめですから」

真面目《まじめ》な顔で言う。

もしも自分が騙《だま》されているとしても、少なくとも金目当てではなさそうだと内心失笑し、それからいや待てよと思い直す。結婚詐欺《さぎ》などの場合、最初に相手から少額の借金をしてそれをきちんと返すことで相手を油断させるのだと、この間テレビでやっていた。

「それから、これ」

朋樹があれこれ考えをめぐらしていると、玲央は今度は鞄の中から紙袋を取り出した。袋にフランチャイズのドラッグストアの店名がプリントされているのを見て、朋樹は眉《まゆ》をひそめた。軟膏《なんこう》の追加とかだったら勘弁して欲しい。傷はすっかり癒《い》えたし、なによりあのことはもうなかったことにしたい。

「これ、なに?」

玲央は端整な顔にやや上擦《うわず》った色を浮かべて、遠慮《えんりょ》がちな口調で説明し始めた。

「もっと早くにって思ってたけど、こういうことに志方《しかた》さんから借りた金を使いたくなかったし、そこはけじめっていうか、どうしても自分の金で買いたくて」

何を言っているのかさっぱりわからず、戸惑《とまど》いながら袋を受け取った。

おそるおそる中を覗《のぞ》くと、潤滑剤《じゅんかつざい》の箱が入っていた。

一気に顔が熱くなり、朋樹は袋を放り出した。

「なんだよ、これ！」

玲央は膝を乗り出してきた。

「この間は準備もなくああいうことになって、志方さんに痛い思いをさせちゃったから、次の時は準備万端でって思って」

「つ、次って、次なんかないから！　言っただろう、あれは酔った上でのハプニングだ。単なる気の迷いだって」

「気の迷いなんかじゃない。俺は好きだってちゃんと言いました」

「……っ、俺は遊びだってちゃんと言った」

睨《にら》みつけると、玲央は膝立ちになって間合いを詰めてきた。

「遊びでもいいです」

「きみが良くても、俺は良くない」

「うん、確かにこの間は俺ばっかよくて、志方さんは全然よくなかったと思う」

「そういう意味じゃない！」

「だから今日は、俺が志方さんのことよくするから」

「だからそういう意味じゃないってば！　あの時は酔ってた。本来俺は、きみみたいな子供は相手にしない。大人同士の割り切った遊びしかしない主義だ」

そんな主義だったことはかつて一度もないが、そうとでも言うしかない。

玲央は真剣な顔でずいと更《さら》に近づいてきた。

「じゃあ、俺も割り切る。俺を好きになってくれなんて言いません。遊びでいいから」

朋樹は尻《しり》で後ずさったが、すぐに背中が壁にぶつかった。

玲央の吐息《といき》がメガネを曇《くも》らせ、今しも唇が触れそうになる。

朋樹は玲央の顔を乱暴に手のひらで押しやった。

「イテっ」

「俺は遊びの相手とはキスしない」

朋樹が冷たく言い放つと、玲央は飼い主にしかられた大型犬のようにしゅんとなったが、懲《こ》りずに手を伸ばしてくる。

「志方さんがダメっていうことはしないよ。触《さわ》るのはいい？」

大きな手が、肩から腕へと滑《すべ》る。その刺激だけで、身体がぞくぞくして心臓が口から飛び出しそうになる。

「ちょ、ちょっと待てよ」

「絶対傷つけるようなことしないし、痛いこともしないって誓《ちか》うから。気持ちいいことしかしないから。ね？」

美しい青年は、すがるような甘えるような低い声でかきくどき、服の上から朋樹の身体に触れてくる。

体格に見合った大きな手に熱っぽく身体を撫《な》でまわされ、刺激に弱い朋樹のメーターはすぐに振り切れる。

のしかかってくる大きな身体に、恐怖と興奮を同時に感じて、朋樹は力任せに相手を押し返した。

「うわっ」

そのまま逆に押し倒し、この間と同じようにその腹の上に馬乗りになる。

「やりたいなら、俺のやり方に従え。嫌ならやめる」

玲央は朋樹に組み敷かれた状態でびっくりしたように目を瞬《しばた》いた。

「……志方さんってホントにドSなんですね」

いやいや、そんな嗜好《しこう》は皆無だと言いたいが言えない。冗談だったと言われるのが怖くておかしなキャラを演じていることを、悟られるわけにはいかない。そうまでして玲央が欲しいことも。

「絶対動くな。そのまま寝転がってろ」

上から横柄《おうへい》に命じて、朋樹は震える指で薬局の袋を引き寄せた。

明かりを落とした薄暗い部屋の中、腹の下で玲央が色っぽい喘《あえ》ぎを漏らす。

「あっ、ん……すげ、気持ち良すぎて、死にそう……」

「……っ」

死にそうなのはこっちだととろけた頭で思いながら、朋樹は声を漏らすまいとぎゅっと唇を嚙みしめた。

潤滑剤がこんなにいいものだなんて知らなかった。とろりとした液体は挿入《そうにゅう》をいともたやすくし、ヌルヌルとなめらかな動きが刺激を倍増させた。快感は前回の比ではなかった。

玲央の大きさに苦しいような圧迫感《あっぱくかん》はあったが、前回と違って痛みはほとんど感じない。

硬い腹筋の上に左手をついて、朋樹はゆらゆらと腰を振った。粘膜《ねんまく》が粘膜をこすりあげる刺激に、ぞくぞくとした快感が波のように襲ってくる。

そら恐ろしいほどの刺激にもっていかれないように、朋樹は勃《た》ちあがった自分の根元をずっと右手の指で縛《いまし》めていた。

俺は遊び慣れている男なのだ。簡単にイってしまうわけにはいかない。一体どんなイメージプレイだと、その滑稽《こっけい》さを嘲笑《あざわら》う声が自分の中から聞こえてくるが、そんな声に構っていられないくらいの気持ち良さが、朋樹の息を乱れさせる。

「志方さん、すっげエロくて、めちゃくちゃ綺麗……」

玲央が快楽にとろけた表情でうっとりと言う。

三十過ぎの男に冗談でも綺麗とか言うなと突っ込みたいけれど、迂闊《うかつ》に口を開いたらとんでもない喘ぎ声がこぼれそうだった。

つながったところから漏れるぬちゃぬちゃという水音は、この世で最も淫猥《いんわい》なＢＧＭだ。

「ねえ、俺にもさせてよ。俺も志方さんのに触りたい」

懇願《こんがん》するように言って、玲央が朋樹の性器に手を伸ばしてくる。ヌルっと先端に指が触れただけで焼けただれたような快感が走り、朋樹は左手でその手を薙《な》ぎ払《はら》った。

「俺のやり方に従えって言っただろう！　余計なことするな」

「でも、俺も志方さんのこと気持ち良くしたい。触りたいよ」

懲りもせず伸びてきた手が、今度はＴシャツの上から朋樹の胸の突端に触れてくる。

基本、女が好きだから、そんなところに触りたがるのだという苛立《いらだ》ちと、触られた瞬間に思いがけず走ったびりびりとする快感に、朋樹はさっきよりもっと乱暴にその手を叩き落とした。

「触るなって言ってるだろ！　逆《さか》らうなら、もう二度とやらないからな」

だから俺はどこの女王様？　しかも逆らわなければ今後もやるということなのか？

もはや自分で自分がわからない。

ただ恐ろしく気持ちがよくて、恐ろしくもどかしくて、恐ろしく満たされて、恐ろしく虚《むな》しかった。

玲央は不本意そうにしながらも、両手を床《ゆか》におろした。

自分をこすりたててイきたい強い衝動《しょうどう》を歯を食いしばってやりすごし、朋樹は強気で余裕の女王様を演じるべく、再びゆらゆらと腰を使った。


夕暮れ時、夏の太陽は傾いても空気はまだ熱気を孕《はら》んでいた。

遅めのランチをとりながら泉美《いずみ》と打ち合わせをした帰り道だった。

泉美はまた兄弟誌での連載の話を振ってきた。

少し考えさせて、と朋樹《ともき》はその話を保留にしてきた。前に振られたときにはにべもなく断ったのに、今回は少しだけ心が動いた。

ここ何回分か、原稿の仕上げスピードがあがっている。理由は言わずとしれたアシスタントのおかげだ。最初から予想外に上手《うま》かった玲央《れお》だが、若さと勘の良さとで、回を重ねるごとに技術をあげていた。朋樹が一人で描いていたときとほぼ変わらないグレードを維持《いじ》しつつ、今までよりも二日ほど早く原稿があがるようになった。

連載一回分で二日、一ヵ月で四日分のスピードアップとなるから、月刊は無理でも隔月くらいならもう一本仕事を入れてもいい気がする。

単なるスケジュール的なことだけではない。描いたそばから感想を言ってくれる相手がいるというのは、自分で思っていた以上に励《はげ》みになるものだった。

仕事を増やせば、収入も少しは増える。バイト代を増額すると言っても玲央はきっと受け取らないから、物で支給させてもらおうか。服とか、靴とか。玲央は上背《うわぜい》があってスタイルがいいから、身につけるものはきっとプレゼントのし甲斐《がい》がある。大学で必要なものでもいいし、何かうまいものを食べに行くのもいい。

夕暮れの道を歩きながら、そんなことを考え、ふと我に返ってうんざりする。

なにそれ。ホストに貢《みつ》ぐ客か？　俺ってヤバくないか？

玲央とは、すでに五回ほど寝た。誘いかけてくるのはいつも玲央だが、イニシアチブは常に朋樹が取る。

例によって玲央には絶対に自分の身体は触らせない。それでもふとしたはずみに手を伸ばしてくるから、必要最低限の着衣しか解かない。上半身はいつも着たまま。下半身も少しボトムを下げるだけ。余裕で遊んでやっているだけというスタンスは絶対に崩さない。いつも気持ち良すぎて死にそうだけれど、自分は絶対にイかない。

そんな滑稽《こっけい》で切なく異常なセックスも、五回もやっているとお互い徐々にその異常性に慣れてくる。セックスの時だけ高飛車になる朋樹を、玲央はそういうものだと柔軟《じゅうなん》に受け止めているらしい。

罪悪感《ざいあくかん》と居たたまれなさはいまだ朋樹の中にあるが、玲央がケロリとしているのが救いだった。その後しつこく好きだなんだと言ってくることはなくなった。それでいてごくナチュラルに朋樹のテリトリーに入りこんでいる。

もしかしたら自分たちはいつのまにか「つきあっている」という状態に突入しているのだろうか。ふとそんなことを考えて、朋樹は失笑した。ありえない。十二歳も年下の大学生とつきあうとかつきあわないとか。これは、そう、いわばセックスフレンドみたいなものだ。けれどその呼び名は、「つきあっている」ということ以上に朋樹の後ろ向きで融通《ゆうずう》のきかない性格にはそぐわなかった。

就職して間もないころ、朋樹は決死の思いで何度か男同士が相手を探すような類《たぐい》の店に行ったことがある。

地元からは遠く離れた都内の繁華街《はんかがい》に、それでも身をひそめるように、ほとんど変装に近いような服装でオドオドと出かけた。自分と同類の人間と会ってみたかったし、あわよくば運命の恋人に巡《めぐ》り合《あ》えたら……などと心のどこかで愚《おろ》かな期待をしていた気もする。

だがそこでルックスや雰囲気《ふんいき》が好みの相手を見つけても、自分から声をかける勇気は朋樹にはなかった。逆に朋樹に声をかけてくるのは、好みからは外れたタイプの男ばかりだった。こいつなら容易《たやす》くヤれそう。そんな理由で誘ってきているのだろうと想像がつくような相手だ。

一度、その中の一人に『別の店で二人で飲まないか？』と誘われて、孤独さと好奇心とに突き動かされてついていったことがある。狐《きつね》のような顔をした年上の男だった。

だが、しばらく肩を並べて歩くうちにだんだん怖くなってきて、朋樹は無様にも身をひるがえして逃げだした。やるだけが目的のような関係は、自分には絶対無理だと思った。

それきり、もう二度とその手の店には近付かなかった。自分には向いていない場所だと思った。

けれど普通に暮らしているつもりでも、自分からはきっとうらぶれた孤独の気配や、恋への見苦しい渇望《かつぼう》が滲《にじ》み出《で》ているのだろう。だからその数年後、細野《ほその》にあんなふうにからかわれたのだ。

陰気な回想に耽《ふけ》りながら八重桜《やえざくら》の公園にさしかかった時、不意に弾《はじ》けるような若い笑い声が響いた。

顔をあげると、ベンチのところで玲央と二人の友人が談笑していた。何がおかしいのか、三人で身体を折って笑い転げている。

その姿が、なんだか眩《まぶ》しく羨《うらや》ましかった。

自分はあんな風に友達と腹の底から笑いあったことがあっただろうか。

自分の性癖《せいへき》を自覚してからは、常に人目を気にして生きてきた。自分の特殊な嗜好《しこう》を決して悟られないように。教室でも、家でも、職場でも、いつも無意識に神経をとがらせ、必要以上に人と関わらないように気を張っていた。

その生き方は正しかったと思う。狐顔の男に言い寄られたときにも、細野にからかわれたときにも、自分には隙があった。もっと常に、神経を張り詰めているべきだったくらいだ。

玲央の立ち姿は、同年代の友人と一緒にいても抜きんでて格好が良かった。長身のくせに頭が小さく、手足がやけに長いから、ただ立っているだけでまるでファッション雑誌の一ページのように絵になる。

玲央がおどけた仕草で何か言い、それに友人二人はまた大仰《おおぎょう》に笑い転げた。

……もしかして俺のことを笑いものにしてたりして。

持ち前の自虐癖《じぎゃくへき》が頭をもたげる。朋樹はそれを慌てて否定した。

今回は細野のときのような失敗はしていない。好きだと言われてもうっかり真に受けたりしていないし、なし崩しにセックスはしているけれど、隙は見せていないつもりだ。いつも自分だけ一方的にイかされている玲央に、俺を笑う資格はないはずだ。

どんな理屈だよと思うが、自分を守ることに必死の朋樹にとっては、大真面目《おおまじめ》な話だった。

ふと友人の一人が朋樹に気付いて、玲央に何か言った。

玲央がすらりとこちらを振り向く。最初から笑っていたその顔に、さらに嬉しそうな笑みが広がる。

「おかえりなさい」

玲央が無邪気に言い、友人たちもニコニコと会釈《えしゃく》を寄こした。声をかけられて素通りするわけにもいかず、朋樹は近くまで行って足を止めた。

「こんなところで何してるの？」

「井戸端会議です」

朋樹の問いに玲央がもったいぶった顔で答え、友人たちがまた笑う。箸《はし》が転げてもおかしい年頃というのは、男子大学生も適用範囲内なのだろうか。

「暑くない？」

「俺の部屋より却《かえ》って涼しいです」

「こいつの部屋、エアコンどころか扇風機もないんですよ」

「金欠で、涼しい店でお茶する金もないっていうから、仕方なくこのオープンカフェで」

玲央の貧乏ぶりをからかう友人たちだが、その口調は友達の武勇伝を自慢するようなあたたかさに満ちていた。

「あ、よかったら一緒にどうですか？」

友人の一人が、朋樹にベンチをすすめる。

「クリエーターさんだって玲央に聞いたけど、どんなお仕事されてるんですか？　俺ら就活ですでにぐだぐだで、やっぱ起業しかねーかって話してたとこなんです」

「そんな大した仕事してないし」

顔の前で手を振って、さりげなくその場から立ち去ろうとすると、もう一人の友人がふと朋樹のパーカーの袖口《そでぐち》に視線を止めた。

「あ、なんか汚《よご》れがついてますよ」

腕をひねってみると、左の袖口に墨汁《ぼくじゅう》のしみがついていた。

「ホントだ」

「ちょっと待ってください、俺、シミ抜き持ってるから」

友人はベンチから帆布《はんぷ》の大きなバッグをとって、中をかきまわし始める。

「出た、池《いけ》っちのオバチャン鞄《かばん》！」

もう一人の友人が手を叩いてウケている。

「こいつの鞄、なんでも入ってるんですよ。絆創膏《ばんそうこう》からハサミから裁縫《さいほう》道具まで」

玲央も失笑を浮かべてそう言う。

「大丈夫だよ。洗えば落ちるし」

朋樹が遠慮《えんりょ》するのも聞かず、友人はウェットティッシュ状のシミ抜きを取り出して、朋樹の袖口を叩きだした。

「こういうシミはちゃんと下処理してから洗濯《せんたく》しないと」

そう言いながら、せっせとしみ抜きをする青年の鼻の頭に、汗が浮かんでくる。

見ず知らずの人間のために汗をかいてくれるとは、なんというお人好しだろう。

とても友人が多そうな玲央。そしてたまたま会話したその中の一人はこんな好青年だ。恐らくほかの友人たちもいいやつらばかりなのだろう。

それにひきかえ俺は……とうんざり思う。俺が出会うのは性欲処理が目的の男や、性癖を笑いものにしようとする同僚、それに同調して笑う後輩、そんなのばっかだ。長く続いている友達など一人もいない。ただ一人やりとりのある泉美《いずみ》は、友人というより仕事でつながっているだけだ。

熱心にしみ抜きをしてくれた友人に礼を言って、朋樹は部屋に帰った。

シャワーで汗を流していたら、まだ正式に返事もしていない新連載のアイデアがふっとわいてきた。玲央は髪からぽたぽた雫《しずく》を垂《た》らしながら仕事机に向かい、スケッチブックに絵と文字とをごたまぜにして思いつきを書きつけた。

公園をたまり場にしている三人の大学生。いや、この場合高校生の方がしっくりくるかな。

その三人の視点を回ごとに変えて描いていく。

公園を通りかかる子供や、主婦や、サラリーマンが毎回三人と絡んで、ごくささやかな人情劇の起承転結《きしょうてんけつ》がある。といっても子供向きの絵本ではないから、心温《あたた》まる話というだけでは終わらない。最後にちょっとした毒っけがある。それがキモトタカシの持ち味だ。

あっという間に数回分のストーリーが浮かんで、描く手が追い付かない。無心に鉛筆を動かしていたら、ふいとインターホンが鳴った。

最近はもう、その押し方だけで、玲央だとわかる。

誰何《すいか》もせずにドアを開けると、玲央が朋樹を上から下まで眺《なが》めて目を丸くした。

「相手も確かめずに開けたら、不用心だよ」

「あんな間延びしたインターホンの鳴らし方するのは、きみしかいないよ」

「万が一ってこともあるでしょう。そんな色っぽい格好して、相手がヘンな気になったらどうするの」

「は？」

こいつ何言ってるんだと思いながら自分を見下ろして「うわっ」となる。

シャワーもそこそこに風呂場から飛び出してきた朋樹は、トランクス一枚で首からタオルを下げた格好だった。

「もしかして俺を誘ってるの？」

玲央の手が、すっと肩に伸びてくる。朋樹はそれをいつもの邪険さで振り払った。

「そんなわけないだろう。風呂場でアイデアを思いついて、慌てて描きとめてたんだよ」

「あ、仕事中だった？」

「仕事ってほどのことじゃないけど。そっちは井戸端会議はどうしたの」

「終了しました」

そう言いながら、懲《こ》りもせず玲央が手を伸ばしてくる。身をよじるとじゃれかかるように背後から抱きしめられた。

何度もセックスをした相手だが、そんなふうにされると心臓をぎゅっと圧迫されたように苦しくなる。

「志方さん、いい匂《にお》い」

首筋に顔をうずめて玲央がうっとりと言う。頭に血が上《のぼ》り、シャワーで冷えた身体が再び熱を帯びてくる。

「きみは汗臭《あせくさ》いよ。さっさとシャワーを浴びて来いよ」

動揺を悟られたくなくて、朋樹は邪険に言って踵《かかと》で背後の玲央の脛《すね》を蹴《け》りあげた。

「うわっ、おっかねー」

玲央はひょいと身をかわし、

「じゃあ、お借りします」

勝手知ったるバスルームへと消えていった。

朋樹はTシャツとイージーパンツを身につけて再び仕事机に向かったが、もはや集中力は途切れていた。玲央に触れられた身体が熱く、壁ごしに聞こえるシャワーの水音にばかり耳がいく。

血が上った頭を抱《かか》えて、玲央はスケッチブックに突っ伏した。

どうしよう。一回りも年下の青年に、めちゃくちゃハマってしまっている。もしも今、『実は実家の父親が病気で倒れて、まとまった金が必要なんです』とか『知り合いの連帯保証人になっちゃって、督促《とくそく》に追われてるんです』などと言われたら、騙《だま》されているとわかっていても通帳と印鑑を渡してしまいそうな勢いだ。このままでは身の破滅だ。

「どうしたの？」

いきなり声をかけられて、朋樹はびくっとはね起きた。いつの間にシャワーを終えたのか、頭の中で詐欺師《さぎし》に仕立て上げていた青年が間近に朋樹を覗《のぞ》きこんでいた。

「あ、いや、あの、お父さんは元気？」

誤魔化すつもりで口を開いたら、脳内の妄想《もうそう》がぽろっとこぼれ出てしまった。

何をいきなりという顔で目を瞬《しばた》いた玲央は、失笑しながら言った。

「憎《にく》たらしいほど元気ですよ」

「そ、それはよかった」

へらへらと笑ってみせて、朋樹は鉛筆を握《にぎ》り直《なお》した。仕事をするふりでヘンな間をごまかしていると、玲央が髪を拭《ふ》きながら訊《たず》ねてきた。

「ねえ、好きなことを仕事にするって、どんな感じですか？」

なぜそんなことを俺に訊《き》くんだと思いながら、朋樹は適当に答えた。

「さあ。多分楽しいんじゃないかな」

「多分って、そんな人ごとみたいな」

「人ごとだし」

「は？　だって志方さんは自分の好きなことを仕事にしている稀有《けう》な成功者じゃないですか」

思いがけないことを言われて、朋樹は手を止め顔をあげた。

「成功者？　俺が？」

「そうでしょう？」

「俺のどこが成功者なの？」

「どこがって、だから好きなことを仕事にして、成功してるじゃないですか」

「別に好きでやってるわけじゃない。好きな仕事はほかにある」

「本当ですか？」

玲央は驚いたように目を見開いた。

「それ何？　もしかして画家になりたかったとかそういう？」

「堅《かた》めの事務職」

「は？」

玲央は更《さら》にきょとんとなった。

「堅めの事務職って……たとえば大手企業の経理とか？　公務員とかですか？」

「うん」

「それって漫画家になるよりは叶いやすい夢だと思うけど」

「きみは何か希望の職種があるの？」

深入りされる前に、質問を切り返した。

さっきは友達と就活話をしていたということは、こんな質問をしてくるということは、将来のことで何か悩んでいるのだろうか。

「ああ、うん、まあ興味を持ってることはあるんだけど、父親からはすっげー反対されてて」

玲央は困ったように頭をかいた。

いったいどんな夢なのかちょっと興味があったが、自分のことであれこれ詮索《せんさく》されたくない朋樹は、相手もきっと同じ気持ちだろうと、深くは訊ねなかった。

玲央の家は、恐らく貧しい家庭なのだろう。息子の学費や生活費も満足に出してやれないほどに。だから息子には浮《うわ》ついた夢など持たずに堅実な職に就いて欲しいと思っているに違いない。あるいは父親は飲んだくれで働く気もなく、息子の稼《かせ》ぎをあてにしているのかもしれない。

……と、創作を生活の糧《かて》にしている朋樹の想像力は、勝手に架空の物語を構築する。

「俺も正直迷ってて。だから好きな仕事をしてる人に色々話を聞いてるんだけど、やっぱ好きなことと仕事って、違うんですね」

苦笑を浮かべる玲央を見ていたら、なんとなく会ったこともない父親に腹が立ってきた。そっちがその気なら、こっちにだって考えがある。

「いいんじゃないの、自分のやりたいことやれば」

「え？」

「俺だって、昔は好きなことをやってたし」

「好きなことっていうと……堅めの事務職？」

「うん。県庁に勤めてた。五年で挫折《ざせつ》して、結局こんな仕事に行きついたけど、まあ、ダメならダメでなんとかなるもんだよ」

「逆パターンならありそうだけど、公務員を挫折して漫画家って、珍しくないですか？」

玲央は不思議そうな顔をしながらも、ふわっと笑った。

「でも、ありがとうございます。そうですよね、失敗を恐れてたら何もできないし、失敗のあとにまた違う可能性が出てくることだってあるわけだし」

「そうだよ」

「こんなこと言うのもあれですけど、俺、志方さんが公務員を挫折してくれてよかったって思います」

玲央は澄んだ目で朋樹を見て言った。

「だってそのおかげでキモトタカシっていう漫画家が生まれたわけだし、こうやって志方さんと巡《めぐ》り合《あ》えたわけだし」

そんなクサい台詞《セリフ》を真顔で言える若さにたじろぎ、居たたまれなくなって思わず視線をさまよわせる。

「俺もやりたいことを、頑張ってみようかな」

玲央は言って、ちょっとおどけた仕草で肩をすくめた。

「でも、うまくいかなくて今より貧乏になって、志方さんに捨てられちゃったらどうしよう」

捨てるもなにも、別につきあってるわけでもなし。

そうドライに言おうとしたのに、口から出てきたのは全然違う言葉だった。

「その時は、きみ一人くらい養ってやるよ」

玲央がぱっと表情を輝かせた。

「うわ、ありがとうございます！　もしかしてそれ、プロポーズですか？」

朋樹はガタガタと椅子から立ちあがった。

「そっ、そんなわけないだろ！　俺はただ、きみが、父親の酒代のために夢を諦《あきら》めることはないって言いたいだけで……」

「酒代？」

「あ、いや、だから、とにかく、きみはせいぜい夢に向かって邁進《まいしん》しろっていうことだ」

なんだかもうぐだぐだな自分に、耳がかっかと熱くなる。

不意に玲央が両手で頭を押さえて地団太を踏み始めた。

「あーっ、どうしよう。なんか今、無性にやりたい」

若者の即物的な発言に、

「ふざけんなよ」

と不機嫌に返しながらも、正直朋樹もまさにそんな気分だった。

「ねえ、今日は俺が上になってもいい？」

おもねるように玲央が顔を近づけてくる。その鼻先を朋樹は邪険に押しやった。

「いいわけないだろ。やりたいなら、そこにマグロのように横たわれ」

「えー、たまには俺にも色々させて？」

「言う通りにできないなら、やらない」

「できますできます！　マグロ大好きです！」

従順を示す大型犬のようにごろんと床に仰向《あおむ》けになったと思ったら、やおら腹筋でひょいと起き上がる。

「じゃあ、キスはしてもいい？」

「ダメ」

「だったら、服だけ脱がせてもいい？　絶対触んないから、脱がせるだけ」

「却下《きゃっか》」

「えー、いいじゃん、ケチ」

「じゃ、やめよう」

「え、うそ、ごめんなさい！　志方さんの好きなやり方でいいから、やろうよ！　やらせて！お願いします!!」

　おまえに自尊心はないのかと突っ込みたいほどの低姿勢だが、そういう言動をしても、玲央からは少しの卑屈《ひくつ》さもみじめさも感じられない。これが持って生まれた性質というものなのだろうか。

　どれだけ尊大な態度をとってみせたところで、最終的に捨てられるのは俺の方なのだ。

　ほろ苦いものを噛みしめながら、朋樹はいつものようにぞんざいに玲央を押し倒し、その上に馬乗りになった。


　泉美《いずみ》が部屋にやってきたのは、それから一週間後の晩だった。

　そろそろ玲央《れお》が来る時間だとそわそわしていた朋樹《ともき》だが、忙《せわ》しないインターホンの押し方が明らかに玲央とは違っていた。

ドアチェーンをかけたまま、細く開いたドアの隙間から、泉美がにこやかな笑みを覗《のぞ》かせた。

「こんばんは」

「なに、いきなり」

朋樹は面食らいながらチェーンを外して、ドアを開け直した。督促《とくそく》されるほど締切は切羽《せっぱ》詰まっていないはずだ。

「プロットを頂《いただ》きにきたのよ、今日のメールの件で」

「は?」

「は、じゃないわよ。新連載の件、さっきOKのメールをくれたじゃないの。もうネタも考えてるって」

「ちょっと思いついたアイデアがあるってだけだよ。詳細《しょうさい》なプロットはそっちの会議で連載の許可が出てから考えるよ」

メールを送ってからまだ数時間しかたっていない。約束も取り付けずに自宅まで来るなど、泉美には珍しいことだった。

「こっちからお願いしてるんだから、許可もなにもないわよ。アイデアだけでも預かっていって、上に通して詳細を詰めるわ」

「なんでそんなにバタバタしてるんだよ」

「バタバタもするでしょ。キモト先生がやる気を見せてくれることなんて、滅多《めった》にないんだから」

「そうかな」

「そうよ。なかなかその気にならないかわりに、やると決めたことは責任を持ってやる人でしょ。だから気が変わらないうちにスケジュールを組んじゃわないと」

学生時代からのつきあいだけあって、性格をしっかり把握《はあく》されている。

「やり手だなぁ」

「ありがとうございます。で、ネタは？」

「とりあえず、あがれば？」

「ここでいいわ。志方《しかた》くん、あがりこまれるの苦手でしょ？」

何もかも知り尽くされている。

朋樹は室内に引き返し、スケッチブックを手に玄関に戻った。

「まだホントにネタの段階だよ」

前置きして、十枚ほど書き散らしたアイデアを説明しながら見せた。

泉美はあがりがまちに座り込み、ふんふんと熱心に聞いている。

「いいじゃない。面白《おもしろ》くなりそう」

「そうかな」

「うん。ほら、『オレンジクラブ』のエッセイでついた女性読者にもウケそうなネタだし、すごくいいと思うよ。ねえ、これ、コピーもらっていってもいい？」

「ああ」

朋樹はまた部屋にとって返し、プリンタのスイッチを入れた。

狭《せま》いコーポなので、部屋と玄関といっても、顔を見ながら話ができる距離だ。

「ねえ、最近調子よさそうだけど、何かいいことでもあったの？」

泉美が興味深げに訊《たず》ねてきた。

「いや、特にないけど」

もそもそと答えながらも、脳裏をよぎるのは玲央の顔だった。

別につきあっているわけじゃない。向こうの真意もわからないままだし、こっちはこっちでいつでも断ち切れる関係だと思っている。

それでも、まるで生まれて初めて恋人を持ったような高揚感《こうようかん》を折々に感じていることは否定できない。浮かれるようなことじゃない、浮かれてる場合でもないとわかっているけれど、一緒に食事をしたり、仕事をしたり、体温を伝えあったりする相手がいるというのは、なんとうずうずすることだろう。乾いた土に水が染み込むように、自分が潤《うるお》っていくのがわかる。それで逆に、自分が今までどれほど孤独で人のぬくもりに飢《う》えていたかを思い知らされるのだった。

泉美にもわかるほど浮《うわ》ついて見えたのなら、気をつけなければいけない。のぼせあがって叩き落とされたときの痛みと屈辱《くつじょく》は、自分が一番よく知っているのだから。

だが一方で、真意がわからないといいながらも、玲央に裏などないのではないかと思い始めている自分もいた。騙《だま》そうとしているにしては、玲央はあまりにも間が抜けていて鷹揚《おうよう》すぎる。自分のような年上の男を好きだというのは信じがたいが、漫画のファンなのは本当のようだし、そこから作者である自分に過剰《かじょう》な好意を抱《いだ》いてくれているということなら、なんとなく納得できる。

コピーをとりながらそんなことを考えていたら、今度は耳慣れたのどかなリズムでインターホンが鳴った。

「あ、お客さんよ」

あがりがまちにしゃがんでいた泉美が、勝手にドアを開いた。

「あ……」

「え……？」

初対面同士の玲央と泉美が、驚いたように見つめ合う。

「すみません、お客さんだったんですね」

玲央がしおしおと謝った。

「あ、私、もう失礼するところなので……」

「いえ、ごゆっくりどうぞ。俺、出直して来ます」

玲央はちょっと意味ありげな視線で朋樹と泉美を見比べたあと、そそくさとドアを閉めた。隣の部屋のドアの開閉音が聞こえてくる。

「今のって……」

玲央が立ち去った方を見やりながら、泉美が怪訝《けげん》そうに言葉を切った。

「隣に住んでる大学生」

「そうじゃなくて」

「ああ、うん、彼にアシスタントをお願いしてるんだ」

親しげな近所づきあいを訝《いぶか》られているのだと思って、やや言い訳めいた口調で答えると、泉美があんぐりと口をあけた顔で朋樹を振り返った。

「今の、長谷川《はせがわ》玲央よね？」

「え、なんで名前知ってるんだよ。知り合い？」

「知り合いもなにも、有名人だよ」

「は？」

「有名人っていっても、知名度はまだ一部限定だとは思うけど。うちの会社で出してる男性向けファッション誌の専属モデルだよ」

「……モデル？」

朋樹はきょとんと聞き返した。

「うん。男女問わず十代・二十代からはすごく人気あるの。いずれ芸能界入りするんじゃないかって言われてるわ。……え、もしかして志方くん、何も知らずにアシスタント頼んでるの？　すっごい贅沢《ぜいたく》！」

知らない。そんな話、まったく聞いてない。

モデルだって？　バイトはガテン系じゃなかったのか？

バイトの職種を偽《いつわ》るくらいは些細《ささい》な嘘だが、騙されるということに神経過敏になっている朋樹には、かなりショックなことだった。

「雑誌のプロフィール欄《らん》で読んだけど、彼ってラ・メールの社長の御曹司《おんぞうし》らしいわよ」

「ラ・メール？」

「高級フレンチからビストロまで、都内に何店舗も構えてる会社よ」

泉美が口にした数軒の店名は、朋樹も耳にしたことのあるものだった。

「確かK大生よね？　家柄《いえがら》が良くて頭が良くてあのルックスで、しかもさっきの感じだと性格もとってもよさそうだし、非の打ち所がない子ねぇ。あー、私があと十歳若かったら、これをご縁にお近づきになりたかったなぁ」

興奮気味にまくしたてる泉美の話の後半を、朋樹はほとんど聞いていなかった。

日本屈指《くっし》の有名私大の学生で、実家は裕福で、人気モデル？

つまり玲央が自称していた経歴はすべて嘘だったということだ。

ガスや電気を止められるほどの赤貧を装って自分に近づいてきたのは、いったい何のためだ？

金目当てと考えるのが一番わかりやすいが、金なんか腐るほど持っているのだろうから、それはあり得ない。

だとしたら考えられるのはただ一つ。恐れていた通り、やっぱり朋樹をからかって面白がるためだ。

そんなくだらないことのために、経歴を詐称《さしょう》してまで近づく人間がいるなんて、普通は考えないが、朋樹はかつてそういう目にあったことがある。玲央も細野《ほその》と同じ類《たぐい》の人間だったのだ。

聞きなれたインターホンのリズムに我に返る。いつの間にか泉美はいなくなっていた。そういえば辞去の言葉になにか形式的な挨拶《あいさつ》を返したような気もするが、それが一分前なのか一時間前なのかも定かでなかった。

施錠《せじょう》されていないドアが、遠慮《えんりょ》がちに開く音がする。

「志方さん？　お客さん帰ったみたいだけど、入ってもいい？」

いつも通りの、おっとりと温厚な玲央の声。

「ねえ、さっきの人って、どういう関係の人？」

座卓の脇に立っている朋樹に近づきながら、玲央が訊ねてくる。

「……どういう関係でも、きみには関係ないだろ」

朋樹は淡々と応じた。その不機嫌な声に、玲央がちょっと目を見開く。

「そうだけど……。確かに、志方さんには遊びって言われてるし、俺もそれで構わないっていってつきあってもらってるけど、でも、やっぱり気になるよ。だって俺、志方さんのこと好きなんだから」

「好き」という甘くふわふわした言葉が、自分を陥《おとしい》れるための毒薬のように思えた。

「……よくそういう嘘を平然とつけるな」

朋樹が低く返すと、玲央はまじまじと朋樹を見つめた。

「志方さん、どうしたの？　なんか変だよ」

「しょぼくれた三十男をからかって遊ぶのは、そんなに楽しいか？」

「え？　何言ってるの？」

「きみ、裕福な家の御曹司なんだって？　肉体労働のバイトで身を削《けず》る貧乏学生だなんてショボイ設定で俺を騙して、何を企《たくら》んでたんだよ」

玲央は驚いた様子で目を瞬《しばたた》いた。

「え、あの、ちょっと待ってよ。俺、嘘なんか……」

「何もかも全部嘘だろ。俺がいちいち真に受けるのが面白かった？　友達と腹抱《かか》えて笑い転げるほど？」

この間、公園で見た光景が脳裏をよぎる。あれはやっぱり自分をネタに笑っていたのだ。絶対にそうだ。

「生憎《あいにく》だけど、俺は最初からきみのことなんか信用してなかったよ。どうせ裏があるんだろうって思ってた。失ったものなんかひとつもない。せいぜいこっちも気分転換に利用させてもらったさ」

そうだよ。最初から俺はちゃんと用心していた。真に受けるなと自分に言い聞かせていた。だから全然傷ついてなんかいない。

大きく瞠られた玲央の目に、不意に動揺したような色が浮かぶ。

「泣かないでよ。ねえ、俺の話、聞いて？」

玲央にそう言われて、朋樹は自分が泣いていることに気付いた。だらだらと涙を流す三十男は、さぞや滑稽《こっけい》で気持ち悪いことだろう。こんなことで泣くなんて、俺は小学生以下だ。くだらない。バカバカしい。みっともない。自分の無様さは十分にわかっているのに、涙の止め方だけがわからない。

細野にからかわれたときに感じたのは、屈辱と羞恥《しゅうち》と怒りだった。

だが今朋樹が感じているのは、強い悲しみだった。

裏があるのではと疑いながらも、玲央と過ごした時間は楽しかった。自分で思っていた以上に、玲央に夢中だった。それがまだ疑いのうちは騙されたふりをしていればよかった。でも、

真実を知ってしまったら、夢の時間はおしまいだ。

「志方さん、」

「なれなれしく呼ぶなよ。さっさと出ていけ」

「待ってよ。俺の話も聞いて」

「聞きたくないし聞く必要もない。出ていかないなら不法侵入で警察を呼ぶ」

冷徹《れいてつ》に言い放ったつもりだが、泣きじゃくりながらでは様にならなかった。

「志方さん」

「二度と俺の名前を呼ぶな。今すぐ出ていけよ！」

取り付く島もない朋樹の様子に、玲央は両手を上げたり下げたり、部屋を見回したりしていたが、やがて悄然《しょうぜん》と肩を落とした。

「……少し落ち着いたら、俺の話をちゃんと聞いてください。またあとで来ますから」

何度も朋樹を振り返っては何か言いたそうにしながら、玲央は部屋を出ていった。

ウィークリーマンションの備え付けの座卓は、天面が狭《せま》くて作業がしづらかった。集中力が途切れて、朋樹《ともき》はばたりと床に転がった。

夜でも交通量の多い国道沿いの部屋は、間断なくガタガタと揺れて神経を逆撫《さかな》でする。

ネームなどの作業はカフェやファミレスでやる方がはかどるという同業者も多いが、朋樹はすべてを慣れた場所でやりたいタイプだった。いつもの机のいつもの位置、いつもの道具、いつもの明るさ。

そういう神経質さを持つ朋樹は、新しい仕事場になかなか慣れずにいた。落ち着かないと集中力も続かない。

だが、仕事がはかどらない理由はそれだけではなかった。

玲央《れお》と言い争ってから、一週間になる。あの翌朝、朋樹は必要最低限の荷物だけを持って、このウィークリーマンションに転がり込んだ。

もう顔も見たくないし、声も聞きたくない。携帯のアドレスも変えてしまった。それでも気付けば玲央のことを考えて、手が止まっている。

少なくともこの五年間、ほとんど他人と接触をもたずに生きてきた朋樹は、人の心理状態がやる気に及ぼす影響について改めて感じいっていた。

インターホンが鳴って、朋樹はのろのろと身を起こした。

相手は確認するまでもない。ここにいることを教えてあるのは泉美《いずみ》だけだ。

「お原稿のお進み具合はいかがですか」

ドアを開けると、泉美が編集者の顔で言った。

当初の締切をすでに二日過ぎている。電話のやりとりでは埒《らち》が明かないと見て、直接取りに来たのだろう。

「……悪い。もう一日待って」

覇気《はき》のない声で答えると、泉美が口を尖《とが》らせて肩をすくめた。

「それがデッドよ。それ以上は無理だから」

「わかってる」

「ここ、あまり使い勝手が良さそうじゃないけど」

テーブルの幅《はば》からはみ出した原稿用紙を見て、泉美が言う。

「いつまでこんなところで仕事するつもり？」

「だから自宅のそばの工事が終わるまでだよ」

朋樹は面倒そうに答えた。泉美には、自宅の近くで道路工事が始まってうるさいから、しばらくウィークリーマンションで仕事をすることにした、と話してある。

言った途端にものすごい騒音と振動を振りまいて窓の外を大型トラックが通り過ぎた。

「……ここも静かとは言《い》い難《がた》いと思うけど」

そんなことはわかっている。締切に片がついたら、もっとましな物件を見つけてちゃんと引っ越しをしようと思っているのだ。

黙り込む朋樹を見て、泉美はふっとため息をついた。

「ねえ、とりあえず何か食べに行こうよ。おごるし」

「そんなヒマないよ。明日がデッドだって、そっちが言ったんだろ」

「だから尚更《なおさら》よ。気分転換と栄養補給を兼ねてね。で、今夜は徹夜《てつや》で頑張ってもらうわ。さ、行こう」

半《なか》ば強引に外へと連れ出される。

つい数日前まで蒸し暑いばかりだった戸外は、いつの間にか涼しい風が吹いていた。いつもこうだ。気付かないうちに季節は移ろい、朋樹はいつもあとからそのことに気付く。

国道沿いのファミレスで、泉美は朋樹の希望も聞かず、勝手にサーロインステーキのディナーセットなどオーダーしている。

「そんなもの食えないよ。食欲ないのに」

「スタミナつけなくちゃだめだよ。クマ、浮いてるよ」

目の下を指さして言う。

朋樹はメガネをずらして、しょぼつく目をこすった。

「新連載の件だけど、少しだけ先にずらしてもらえないかな」

朋樹が切り出すと、泉美は眉《まゆ》を上下に動かした。

「珍しいね、生真面目《きまじめ》な志方《しかた》くんが確定した予定をずらしたいなんて」

「ごめん。引き受けておいて申し訳ないけど、色々予定が狂ってて」

「アシスタントくんとケンカ中なんだって？」

やおらそう言われて、朋樹は思わず手をとめた。

「……なにそれ」

「例のファッション誌の編集部に同期がいるのよ。で、今日、彼女を経由して、玲央くんからお問い合わせがきたの。志方さんが行方《ゆくえ》不明で連絡がとれないんだけど、居場所を知らないかって」

「……教えてないだろうな」

「もちろん、本人の許可なく個人情報を洩《も》らしたりはしないけど、彼、相当へこんでたわよ。志方さんを怒らせちゃったって、泣きそうになってたわ。いったい何があったの？」

「大したことじゃない」

「大したことじゃないなら、教えてよ」

「……俺は経歴詐称《さしょう》のアシスタントは使わない。それだけのことだよ」

「経歴詐称？」

「あいつ、俺を騙《だま》してたんだよ。貧乏で、学費はおろか日々の暮らしにも困ってるとか、肉体労働のバイトで生計を立ててるとか言ってたけど、それ、全部嘘だった」

「え、それ、もしかして私のせい？　私がこの前玲央くんの経歴を教えたせいでモメちゃったってこと？」

ステーキが運ばれてきて、しばし会話が中断する。

鉄板の上でジュウジュウと音を立てる肉を眺《なが》めながら、朋樹は言った。

「ウソが露見《ろけん》したのはそのときだけど、別に安原《やすはら》のせいじゃない。くだらない嘘をつくあいつが悪い」

「それで、お金でも騙《だま》し取《と》られたの？　部屋から何か盗まれたとか？　そういうことをしそうな子には見えなかったけど」

泉美が心配そうに覗《のぞ》きこんでくる。

「いや、別に何も取られてないけど」

取られるどころが、無理矢理渡した金さえも、返して寄こすようなやつだった。

「じゃあ何されたの？　原稿を汚されたとか？　あ、よその出版社のスパイでアイデアを盗まれたとか？　……ああ、それで新連載延期ってこと？」

「違うよ。仕事は丁寧《ていねい》だったし、多分アイデアも盗まれてないと思う」

「じゃあ何が問題なの？」

泉美にきょとんと訊《たず》ねられて、朋樹は眉をひそめた。

「何がって、人を騙すこと自体が問題だろう」

「だけど別になんの被害もなかったわけでしょう?」

「実害がなくても、嘘は嘘だろう」

「でも、アシスタントをクビにして、失踪《しっそう》するほどのことじゃないと思うけど」

「失踪なんかしてないだろ。俺はただ、静かな場所で仕事をしたかっただけだ」

「はいはい。ほら、とりあえず食べようよ」

泉美に促《うなが》され、朋樹は渋々ナイフに手を伸ばした。

泉美の言う通り、客観的に見れば大したことではないのかもしれない。だが、朋樹にはとても大きなことだった。

「そうだ、その玲央くんの貧乏話だけど」

旺盛《おうせい》な食欲で肉を頬張っていた泉美が、ふと思い出したように言う。

「あながち嘘じゃないかもよ。同期の彼女に聞いたけど、玲央くん、今、実家から仕送りを止められてるらしいよ」

「え?」

「モデルのバイトのことが親にバレて、すっごい反対されてるんだって。きっぱりやめるまで、学費も生活費も出さないって言われたとか」

朋樹はナイフを操る手を止めた。

そう言えばそんな話を聞いた記憶がある。興味を持っていることはあるけど、父親からひどく反対されているとかなんとか……。

「それにさ、肉体労働のバイトっていうのも、考えてみれば別に嘘じゃないわよ。モデルって文字通り肉体を使った労働なわけだし。そう考えたら、玲央くんは別に嘘なんかついてなくない？」

そう指摘されて、ちょっと呆然《ぼうぜん》とする。

「そんなの、だって、屁理屈《へりくつ》だろう。モデルならモデルって普通に言えばいいじゃないか」

「じゃあ志方くんは人から職業を訊《き》かれたら、『漫画家です』って即答してる？」

「いや……。だけど、だって、実家のことだって別に隠すことじゃないし、」

「変なの。あくまで騙されたって言い張りたいのね」

泉美にさらっと言われて、朋樹は黙り込んだ。

「学生時代から思ってたけど、志方くんって基本的に人を信じてないよね」

「……別にそんなつもりはないけど」

言い返す声が力ないものになるのは、確かにその通りだからだ。

「あるわよ。もう警戒のオーラがびしばし出てて、人を寄せ付けないの。そうやって最初から疑ってかかれば、ホンモノだって偽物《にせもの》に見えるわよ」

そんなことはないと反論したかったが、できなかった。玲央には絶対裏があると、最初からずっと疑ってかかっていた。だから些細《ささい》な齟齬《そご》を拡大解釈《かいしゃく》して「騙された」とあんなに逆上したのだ。

　フォークを皿の上に置いて、泉美は少し遠慮《えんりょ》がちに言った。

「聞いたことなかったけど、前の仕事を辞めたのも、何か人間関係的な問題なんでしょう？　別にそれはどうでもいいし、おかげでこうして志方くんと仕事ができて、ありがたかったわ。でも、今回は口を挟《はさ》ませてもらう。仕事に影響が出るとなれば、私だって当事者なわけだし」

「ちゃんと仕上げるよ。明日までには」

「それだけじゃないわ。玲央くんともちゃんと仲直りして。彼、本当にかわいそうなくらい落ち込んでたわよ。あんなかっこいい子があんな情けない声出すの、痛々しくて聴いてられないもん」

「……仕事のためっていうより、なんか私情が入ってない？」

「あ、バレた？」

　場の空気を和《なご》ませるように、泉美はおどけてぺろりと舌を出した。

「だってあの長谷川《はせがわ》玲央に泣きつかれて放っておける女なんていないって。でも、一番は志方くんのためだよ。ここしばらく、すごく楽しそうで仕事が順調だったのは、有能なアシスタントくんのおかげなんでしょう？　ケンカっていうのは年長者が先に折れるべきよ」

「そんな単純な問題じゃないんだ。安原にはわからないことが色々あるんだよ」

　もめごとの核心に恋愛感情がからんでいたなどとは言えず、ぞんざいな口調で話を締めくくりにかかる。

泉美は上目遣いに朋樹を見て、言った。

「顰蹙《ひんしゅく》覚悟で言わせてもらうけど、志方くんは人づきあいのスキルが低すぎると思うわ。そのくせ、謙虚《けんきょ》に見えてプライドだけは無駄に高い感じ」

思いがけず鋭い指摘に、朋樹は押し黙った。

「なーんて無遠慮な言葉でその高いプライドをへし折った腹いせに、もうおまえとは仕事しない！　とか言わないでね？」

「……言ったらどうする？」

「申し訳ありませんでしたって土下座するわ。私のプライドは蟻《あり》の身長より低いから」

にっこりと言う泉美の前で、腹を立てる気も失《う》せた。どう見ても泉美の方が一枚上だ。

「安原の言う通りだよ。そういう性格だから、友達の一人もいないんだろうな」

泉美は「は？」という顔をした。

「じゃあ私は何よ？」

「何って担当編集者だろう」

「ちょっと待ってよ、その前に十年来の友達でしょう」

朋樹は眉をひそめた。

「だってもう何年も仕事以外のつきあいはしてないだろう」

「そういう距離感が志方くんのお好みのようだから、合わせてるのよ。なに、もしかして私が志方くんのことを単なる金づるだと思っているとでも？」

「いや、金づるになるほど売れてないと思うけど」

「まあキモト先生は確かに大切な商品だけど。それとこれとはまた別だよ。もうびっくりするくらい人情の機微《きび》とかわかんない人ね」

呆《あき》れ顔《がお》で泉美は食事を再開した。

無駄にプライドが高い、という指摘は不本意ながらもすっと朋樹の胸に落ちた。

傷つくことを極度に恐れるこの感覚がプライドの高さゆえならば、そんなものいっそ捨ててしまえばいい。

傷ついても構わないのだと思ったら、急に肩の力が抜けた。ふと空腹を思い出し、朋樹はフォークに手を伸ばした。

二人でデザートまできれいに平らげ、席を立つ頃には、下降線をたどる一方だった気分が少し上向いていた。

「領収書、もらわなくていいの？」

会計を済ませた泉美に声をかけると、失笑が返ってきた。

「残念ながら友達との会食は、経費じゃ落ちないのよ」

婉曲《えんきょく》な心遣《こころづか》いに、胸をあたたかいものが満たす。

「今夜は寝ないで頑張ってよ」

強迫めいた口調で言い置いて駅に向かう泉美に、朋樹は背後から声をかけた。

「次は俺が奢《おご》るよ」

振り返った泉美の顔には、いつになくやわらかい笑みが浮かんでいた。

「ありがとう。三倍返しでお願いね！」

暗い夜道を引き返しながら、不思議と頭の中はクリアだった。

人間関係は自分を映《うつ》す鏡。そんな言葉をふと思い出す。

泉美に対して「仕事だけのつながり」と思っていた自分の態度が、泉美にも距離を置かせていた。そう考えたら、色々ほかにも思い当たることがあった。

たとえば昔、ゲイバーで声をかけてきた男。見知らぬ相手をナンパするなんてどうせ性欲処理だけが目的なんだろうと、朋樹は蔑《さげす》み恐れて逃げ出した。あの時相手に抱《いだ》いた嫌悪感は、そのまま自分自身に対するものだった。あの店に、淋《さび》しさを埋《う》めに行った自分。それをうしろめたくみじめに感じていた自分。そんな自分を相手に投影して、嫌悪を感じたのだ。

実際、相手は予想通りの人間だったかもしれない。でも、そうではなかったかもしれない。

朋樹の人生は、多分、被害妄想《もうそう》と思いこみで真実からかなりずれている。細野《ほその》の一件が、たまたま朋樹の恐れと一致したために、過去のことも未来のこともすべて悪い方向へと思いこむようになってしまったのだ。

頭の中に、今度は玲央の友人が浮かぶ。蒸し暑い公園で、一緒にお茶をしようと気さくに声をかけてくれた青年と、朋樹の服の汚れを一生懸命落としてくれた青年と。玲央の友人たちの気さくさとやさしさは、そのまま玲央の人柄《ひとがら》を映している。

朋樹はぎゅっと拳《こぶし》を握《にぎ》り、大きく息を吐《は》いた。それからひとつの決意を抱《いだ》いて、足早に仮の仕事場へと戻った。

夜の風にはかすかに秋の気配が感じられるようになっても、日中の日差しはまだ真夏そのものだ。普段、必要最低限しか陽盛《ひざか》りに外出することのない朋樹《ともき》は、その容赦《ようしゃ》ない日差しの下に十分ほど座っているだけで目眩《めまい》がしてきた。

そんな夏の日差しの下《もと》、公園の一角でファッション雑誌の撮影が行われていた。

バイトは長袖《ながそで》だからと言っていた通り、玲央《れお》はこの陽気の中、長袖のジャケットを着てマフラーを巻いていた。何ヵ月も先の号の撮影《さつえい》なのだろう。自分だったらきっと熱中症で倒れている。確かにこれは過酷《かこく》な肉体労働系のバイトだ。

いきなり玲央の部屋を訪ねる勇気が持てなくて、でもとりあえず遠くからでもその姿を見たくて、撮影を覗《のぞ》き見《み》しにきた。日時と場所は、三日前に徹夜《てつや》で仕上げた原稿を届けに行ったときに、泉美《いずみ》に頼んで同期の編集から聞き出してもらった。泉美は取材名目で近くで見られるように手配してくれると言ったが、それは断り、こうして一人こっそりとやってきた。

真夏の昼下がりの公園はあまり人気《ひとけ》がなかったが、撮影を聞きつけてきたらしい数人の女性たちが遠巻きに黄色い声をあげていた。

「やーん、ナマ玲央だよ！　超ラッキー」

「カッコよすぎ！　ねえ、握手《あくしゅ》とかしてくれないかな」

興奮気味の若い女の子の声に、自分の知らない玲央の一面を知る。

ちょっと珍しいくらいに見場《みば》のいい青年だとは思っていたけれど、こんなふうに見知らぬ女性たちから騒がれる存在だったとは。

朋樹は野次馬たちの背後の藤棚《ふじだな》の下のベンチに座っていた。常緑樹の植え込みに遮《さえぎ》られて玲央からは死角になる場所だが、朋樹の方は植え込みの隙間から玲央を見ることができた。

朋樹の知るプライベートの玲央は、人懐《ひとなつ》っこい大型犬のような青年だが、カメラの前でポーズをとる玲央は、ずっとクールで大人っぽく見えた。

あんな目をしていただろうか。あんなにセクシーだっただろうか。

ふと視線を感じて顔をあげると、小さな男の子がきょとんと朋樹を見ていた。

「ほら、行くわよ」

母親らしい女性が、警戒したような顔つきでその手を引いて足早に遠ざかっていく。端《はた》から見たら俺って完全に変質者かも。そう思っても、玲央を見つめることをやめられなかった。

どれくらいそうしていただろうか。

撮影が終了し、スタッフが口々に労《ねぎら》いの声をかけあう。撤収《てっしゅう》の作業音を聞きながら、朋樹はため息をついた。

今夜玲央に謝罪《しゃざい》に行こう。

正直、働く玲央の姿を見て、気後れを覚えてもいた。あの美しい生き物に自分が行った恥知《はじ》らずな言動の数々を思い出すと、もう二度と合わせる顔などないと思った。それでも、どんなに恥をかいても、玲央のために、自分のために、ちゃんと話をして、謝らなくてはならない。

「志方《しかた》さん！」

「え？　うわっ！」

真上から声が降ってきて、朋樹はベンチから飛び上がった。

目の前に、ファッション雑誌から抜け出してきたような完璧《かんぺき》な装いの玲央がいた。

いや、文字通りこの装いで誌面を飾るのだろう。

「なっ、なに？　きみ、仕事は？　移動するんでしょう？」

ロケの一群がいなくなってから立ち去ろうと身をひそめていた朋樹は、まさか玲央に見つかっていたなど思いもよらなかった。

「今日の仕事はもう終わったから」

「だって、着替えは？」

「買い取ってきた」

「は？」

「着替えてる間に志方さんがいなくなったら困るし。事務所の人に頭下げて、来月のバイト代から天引きで立て替えてもらった」

「そんな無駄遣《むだづか》いを……。金、ないくせに」

朋樹が顔をしかめると、玲央はぱっと目を輝かせた。

「俺が貧乏なの、ちゃんと信じてくれたの？」

そう問われて、揉《も》め事《ごと》の発端《ほったん》を思い出す。朋樹はきまり悪く視線をさまよわせた。

「悪かったよ。事情も知らずに勝手に腹を立てて」

「俺の方こそ、もっとちゃんと家のこととか話してれば、志方さんにヘンな誤解をされることもなかったのに」

「……なんでここに俺が来てるのに気付いたの？」

「志方さんのことなら、一キロ先でも見つけられます」

得意そうに断言してから、へらっと笑う。

「と言いたいところだけど、安原《やすはら》さんから聞いてたんです。今日、志方さんが見学に来てくれるって。だから撮影中も必死で探してました」

「……口止めしたのに」

朋樹はきまり悪く口を尖《とが》らせた。

「安原さん、担当さんだったんですね。もしかして志方さんの彼女かもとか思って、内心メラメラしてたんですよ」

玲央のあけすけな物言いや態度は、揉《も》める前とまるで変わっていなかった。

「あの、すみません、ちょっといいですか?」

不意に横から声が割り込んでくる。先程の野次馬の女の子たちだった。

「玲央くん、握手とかしてもらえます?」

「あ、もちろん、喜んで」

玲央は笑顔で大きな手を差し出した。女の子たちがきゃーっと興奮した悲鳴をあげる。

応援してます、超かっこいい、などと口々にかけられる声に笑顔と会釈《えしゃく》を返しながら、玲央はさりげなく朋樹を促《うなが》してその場から歩き出した。

「落ち着かないから、とりあえず帰りましょう」

人目と日差しから逃《のが》れるように、公園の前の駅舎に滑《すべ》り込《こ》み、電車に乗った。

ジャケットを脱いだ玲央は、それでも暑そうに長袖のシャツのカフスをめくり、おどおどと朋樹に耳打ちしてくる。

「俺、なんか不審者みたいな目で見られてません？」

確かに、この暑さの中起毛のジャケットを抱《かか》えて毛皮のついたブーツを履《は》いた格好はかなり違和感があるが、玲央が人目を引いているのはその服装のせいというより、人並み外れた美しさのせいだろう。

ただでさえ容姿の整った男だが、いつもは洗いっぱなしでふわふわした髪は、ワックスでスタイリッシュにセットされ、肌《はだ》にはうっすらと撮影用の化粧も施《ほどこ》されて、どこか生身の人間ではないような神々《こうごう》しさがある。

ふと、以前感じた違和感を思い出した。金に困っているようなのに、ヘアカットは美容院でするといっていたし、肌や髪の傷みがどうの、栄養バランスがどうのと、若い男には不似合いなことを口にしていた。それはつまり、職業柄《がら》の気遣《きづか》いだったのだろう。

いつもとは違う玲央の格好と、前回の気まずさの名残《なごり》を引きずって、帰路はどこかぎくしゃくした空気になってしまった。

十日ぶりに戻った自宅は、熱気がこもってうだるような暑さだった。

玲央がブーツを脱ぐのに手間取っている間に、朋樹は部屋の換気をして、エアコンを最強にした。

「もう志方さんの部屋にはあげてもらえないと思ってた」

ようやくブーツから解放された玲央が、ぼそっと言った。

「俺の何があんなに志方さんを怒らせたのかわかんないけど、俺、志方さんをからかったことなんて、一度もないよ」

「……うん」

「志方さんと連絡がつかなくなって、すげーショックだった」

「……ごめん」

「でも、会いに来てくれたってことは、もう怒ってない？」

「ごめん、ホントに」

玲央は困ったような顔でちょっと首を傾けた。

「えっと、なんかそう謝られると却《かえ》って不安なんだけど、ごめんってどういう意味？　もう俺とはつきあえなくてごめんとか、そういうのじゃないよね？」

「そうじゃなくて、きみを……」

ことがもつれるにいたった経緯《けいい》を説明しようと思っていたのだが、うまく切り出せない。

「きみを、きみが、好きなんだ」

口をついて出たのは、唐突でシンプルな一言だった。

言葉から一拍遅れて、顔がカーッと熱くなる。

玲央の大きな目が、さらに大きく見開かれた。

「好き？　ホントに？」

「……うん」

「ええと、でも、志方さんはゲイじゃないんだよね？」

「きみこそ、本当は普通に女の子が好きなんだろ」

ついいつもの切り口上で返してしまってから、はっとなる。これはプライドのせめぎ合いではない。傷ついてもいいから正直になると決めたのだ。

朋樹はひとつ息をついて言った。

「俺はゲイだよ。女の子を好きになったことは一度もない」

「え、マジ？　でも、じゃあアレは？」

びっくり顔の玲央が「アレ」と指差したのは、本棚の成人雑誌だった。

玲央はきまり悪く視線を俯《うつむ》けた。

「アレはきみと知り合ってから、カムフラージュ用に買ったんだ。好意を持った相手に、自分の性癖《せいへき》がバレて気持ち悪がられたりしないように」

玲央はきょとんとなった。

「なにそれ。だったらなんで俺が告白したとき、ちゃんと普通にOKしてくれなかったの？」

「……信じられなかったんだ。きみみたいに男前で性格もいいストレートの男の子が、俺みたいな冴《さ》えない三十男を本気で好きになるはずがないって思った」

「なんで自分のことをそんなふうに言うの？　志方さんはすごく魅力的だよ。綺麗で繊細《せんさい》で特別の才能があって、しかもすごくやさしい。親に勘当されてへたってる馬鹿な大学生に、手を差し伸べてくれた」

やさしい声で言う玲央に、朋樹は顔をあげた。

「それはやさしさじゃないよ。下心だ。きみが俺の好みのタイプだったからだ。あの時倒れてたのがハゲて腹の出た中年だったら、きっと見て見ぬふりをしてた。俺はそういう身勝手で冷たい人間なんだよ」

そこまでの想いがあったかどうか今となっては定かではないが、朋樹はわざと露悪的《ろあくてき》に言った。

玲央は大きな目を何度か瞬《しばた》かせて、それからぱっと破顔した。

「俺、この容姿に生まれてきてラッキーだったな。そんなに志方さんに気に入ってもらえてたなんて」

そう言われて初めて、自分の言っていることがかなり熱烈な告白だと気付いて、益々《ますます》顔が熱くなる。だが、朋樹はまるで自分に罰《ばつ》を与えるように、言葉を続けた。

「そうだよ。すごく好みだった。きみに好きだっていってもらう前から、俺はきみのことが好きだった」

玲央が目の周りをうっすらと赤くした。

「そんなに好きって思ってくれてたのに、なんで俺の気持ちを信じてくれなかったの?」

「……前に、からかわれたことがある。気のあるそぶりで近づいてきて、笑い物にされた」

細野との一件を、朋樹はぽつりぽつりと話した。耳を傾ける玲央の表情が徐々に険《けわ》しくなっていく。

「なにそれ。そいつブッ殺す。そんなやつのために仕事辞めることなかったのに。でも、そんなことがあったなら、信じてもらえなくても仕方ないよね」

朋樹はかぶりを振った。

「そうじゃない。彼ときみは全然違う。信じれば良かった。きみになら騙《だま》されても、貶《おと》しめられてもよかった。好きなんだから傷ついたってきっと後悔しなかった」

「志方さん、Sかと思えば急にMになんないでよ。俺は志方さんのこと、騙したり傷つけたりしないよ」

「……うん」

「むしろ傷ついたのは俺なんだけど。いきなり怒られて追い出されたと思ったら、それきり連絡もつかないし。もうショックで死ぬかと思った」

「ごめん……」

「でも、俺、超厚かましいのかもしんないけど、心のどこかで志方さんに嫌われてないって信じてた。志方さん、あの時泣いてたから」

いい歳をしてばかみたいにダラダラ泣き喚《なわめ》いた自分を思い出して、居たたまれない恥ずかしさに襲われる。

「……ごめん、見苦しいところを見せて」

「そうじゃなくて。俺、志方さんが泣いてるの見て、ここがキュウってなって、痛くて切なくて俺も泣きそうになったよ」

玲央は自分のシャツの胸のあたりを大きな手でぎゅっと摑《つか》んだ。

「ねえ、キスしてもいい？」

少し掠《かす》れた声で、玲央が訊《たず》ねてくる。

朋樹は無言で手を伸ばした。玲央のしっかりとした頰骨におずおずと手を添えて、自分からそっと唇を寄せる。唇が触れ合った瞬間、胸が熱くなった。

玲央の腕が朋樹の身体をかき抱く。くちづけはあっという間に深くなり、頭の中でどくどくと脈打つ音がした。

「好きだよ」

唇を触れ合わせたまま、玲央が切なげに呟く。

「志方さんが好きだ。死ぬほど好きだよ。セックスの相性が悪いのなんか全然気にならないくらい、大好き」

熱っぽい玲央の告白の途中で、朋樹は思わず固まる。今、ものすごくショックな言葉を聞いた気がする。

「……相性が悪い？」

やっぱり男相手のセックスは無理ということか。

朋樹の表情を見て、玲央は焦《あせ》ったように言《い》い募《つの》った。

「あ、いや、もちろん志方さんがどうしてもっていうなら我慢するけど」

「我慢……？」

更に青ざめる朋樹に、玲央は困ったように言う。

「散々イっておいて何だけど、マグロで何もさせてもらえないのはしんどいよ。俺も志方さんのこと触ったり気持ち良くしたりしたい。もっとあれこれしたい。もちろん、志方さんがああいうのじゃないと興奮しないっていうんだったら、覚悟を決めていくらでもつきあうけど、どっちかっていったら俺がイニシアチブをとりたい」

そういう意味かと、朋樹は今更ながら恥ずかしさに赤くなった。

「べ、別にああいうのが好きなわけじゃない」

玲央の肩口に額をつけて、しどろもどろに言い訳する。

「騙されてるんじゃないかって思ってたから。でも、きみに触れたくて、だったら俺が主導権とって悪者になっておけばって……」

「自分が悪者なんだって思えば、あとでなにがあっても傷つかなくて済むし……」

「なにそれ。そんなややこしいこと考えてたの？　俺、ああいうのが好きな人なのかと思って、オトナってすげーなってちょっとビビってた。しかも志方さん、いつも俺ばっかイカせて自分はイカないから、俺じゃ物足りないのかな、とか、どうやったらもっと気持ち良くなってくれるのかな、とか」

「……めちゃくちゃ我慢して、後で抜いてた」

　正直ついでに白状すると、玲央が「えーっ」とひどく不満げな声をあげた。

「なんでそんなもったいないことするんだよ！　信じらんない！」

「そ、そんなこと言われても……」

「今まで一人で出した分、全部俺に返してよ」

　おそろしく整った顔で突っ拍子もない駄々をこねられ、たじたじとなる。

「そんな無茶苦茶な……」

「今日は俺が志方さんのこと好きなようにしてもいい？」

「ええと、あの……」

「ダメって言われても、するけど」

「うわっ」

「は？」

いきなり体重を預けられて、床に押し倒される。頭を打ち付ける衝撃《しょうげき》を覚悟したが、玲央の手が頭と腰を庇《かば》うように抱《かか》えてくれて、思いのほかそっと着地した。ほっと弛緩《しかん》したとたん、唇を塞《ふさ》がれた。

「あ……んっ……っ」

飢《う》えた獣《けもの》が餌《えさ》にありついたような、食らいつくすようなくちづけだった。育ちのいいおっとりとした大型犬だと思っていた青年の、意外な野性味にびっくりして思わず腰が引けそうになる。

もっといやらしい場所で何度もつながりあっておきながら、キスはまだたったの二回目だ。しかもこんなに深いキスは初めてだった。朋樹の中で、キスは愛情をかわしあう清らかでかわいらしい行為というイメージがあった。だが舌で口腔《こうこう》をまさぐられる深いくちづけは、身体を交わらせるのと同じくらいエロティックだった。濡《ぬ》れない男の器官よりも、唾液《だえき》でぬるつく口腔の粘膜《ねんまく》の方が、よほど性器に近いような気さえした。

唇の内側、上顎《うわあご》の内側、逃《に》げ惑《まど》う舌先。すべてを玲央の舌に蹂躙《じゅうりん》され、甘切ない苦しさに朋樹の背中が浮き上がる。

「んん……っ」

舌をからめて吸われると、それだけで精神的に軽くイってしまったような恍惚感《こうこつかん》があった。

朋樹の気持ちを確認した玲央の動きには、ためらいがなかった。

朋樹の身体に跨《また》がり、くちづけで朋樹の動きを封印したまま、もどかしげに自分のシャツを脱《ぬ》ぎ棄《す》てていく。アンダーシャツを脱ぐために一瞬くちづけがほどかれると、熱を帯びてはれぼったくなった唇が、こころもとなくすうすうした。

くちづけにすっかり官能をよびさまされていた朋樹は、玲央の裸の上半身を見て、クラっとなった。今までのセックスでは、二人とも必要最低限の着衣しかゆるめなかった。まとった服は、そのまま心の距離だった。肉体的な快感はあっても、心はいつも虚《むな》しさと罪悪感《ざいあくかん》でいっぱいだった。

玲央は朋樹のカットソーの裾《すそ》を摑むと、やや荒っぽい仕草で頭から引き抜いた。

「志方さん、鳥肌が立ってる。寒い？　エアコン効きすぎてない？」

玲央が気遣わしげに訊ねてくる。朋樹はかぶりを振った。

「寒くない。なんか、もっと、多分、精神的な……」

「精神的な鳥肌？　まさか俺に触られる嫌悪感でゾッとしてるとか？」

「……ち、違うよ。逆」

「逆？　触られて気持ち良くてゾクゾクするの？」

いちいち確認するように問われて、顔に血が上《のぼ》る。

そんな朋樹の顔色の変化を、玲央は嬉しそうに見下ろし、ゆっくりと顔を落としてきた。

「ここ、でっかい鳥肌」

「あっ……」

胸元の小さな尖りを舌先でつつかれて、自分でもびっくりするような声が出た。ますます顔が熱くなり、慌てて両手で口を押さえる。

「今の声、超キた。ねえ、もっと聞かせて?」

ねだるような甘え口調とは裏腹に、口元から朋樹の手を引《ひ》き剝《は》がして床に押さえつける力は強引で容赦《ようしゃ》なかった。

「あ、やっ、そんなとこいいからっ!」

「うん、ここイイとこだよね」

「あ、あ……っ」

舌先で乳首《ちくび》をヌルヌルとなぶられて、首が仰《の》け反《ぞ》る。

「男でも女でも、気持ちいい場所はあんまり違わないって教えてもらったんだ」

「……っ、教えて、もらったって、誰に……んっ、あっあ……」

胸の尖りをチュッと吸ったと思ったら、唇は鎖骨《さこつ》へと移動してそのくぼみに舌を這《は》わせ、そのまま首筋へとあがる。ぺろりと耳を舐《な》めあげられ、耳朶《じだ》に軽く歯を立てられると、全身がビクンと戦慄《わなな》いた。

へんな声が際限なくこぼれそうで、朋樹は必死でそれをこらえて吐息《といき》で逃《のが》す。

耳朶への甘噛みを繰り返して散々朋樹の息を乱れさせたあと、玲央の唇は同じルートを辿《たど》ってまた下降していく。人から与えられる快楽に不慣れな身体は舌を這わされるたびにビクビクと震える。

濡れた舌が再び胸の突起をねぶった時には、ひと際強い震えがきて、腰が大きく跳ねた。朋樹に跨っていた玲央の腰に、下から自分の腰を押し付けるような格好になる。

軽く目を見開いた玲央に、朋樹は狼狽《うろた》えて腰を引いた。

「あ、ご、ごめん……俺、」

頭を横にひねって、視線を逸《そ》らす。

絶対に気付かれた。触られてもいないのに、浅ましく興奮してること。

「なにがごめんなの？」

「……いや、ええと、俺、なんか、ヤバい……」

「ここ、もう硬くなってるね」

「……っ！」

玲央は朋樹の腕を拘束《こうそく》していた右手を放し、その手で朋樹のジーンズの前のふくらみの形を辿るように撫《な》でた。

背筋をぞくりと震えが這いのぼる。

「俺こそごめんね。こんなになってたら痛いよね」

やさしく言って、ファスナーに指をかける。金具の立てる短い音が、ひどく卑猥《ひわい》に響いた。

「志方さん、大丈夫？　顔、真っ赤だよ。恥ずかしいの？」

そんなことをわざわざ訊《き》かれること自体が恥ずかしい。だが今更つまらない見栄を張っても仕方ないので、そっぽを向いたまま小さく頷いてみせた。

「変なの。あんな嫌らしい体位で平然と腰を振ってたかと思えば、こんな程度のことが恥ずかしいとか言うし」

「……自分が主導権をとる方が、恥ずかしくないんだよ。やっぱり俺が上になる」

「ダメだよ、今日は」

きっぱり却下《きゃっか》して、玲央は身体を下にずらし、朋樹のジーンズを下着こと一気に引き抜いた。

「やっ、うわっ」

半分勃《た》ちあがったものがゆらりと外気にさらされたと思ったら、いきなりぬめったあたたかい場所に格納される。

ぎょっとして首を起こすと、下半身で玲央が美しい顔を俯けている。

視覚的ショックに、ぶわっと羞恥心がこみあげる。

「ちょっ、ダメだよ、そんなことしなくていいからっ！」

朋樹は玲央の愛撫《あいぶ》から逃れるようにずりあがる。玲央が上目遣いに朋樹を見た。

「どうして？　いつも俺にはしてくれるじゃん」

「俺はいいんだよ」

「なんで？」

「なんでって、だって、俺はゲイで、その、好きでやってるんだから」

「俺だって好きだよ。っていうか俺の方が先に好きって言ったんですよ」

「そういう問題じゃなくて、きみは、だから、そんなことしなくていいんだよっ」

半《なか》ば自棄《やけ》になって叫ぶ。玲央の気持ちは嬉《うれ》しいけれど、ストレートの玲央にそんなことまでさせたくない。散々あれこれやっておいて今更だが、玲央を穢《けが》したくなかった。興ざめされたくないし、嫌悪感を持たれたくない。

「いいとか悪いとかじゃなくて、俺がしたいからするんだよ。志方さんはいつもの俺みたいに、そこでマグロになっててていいから」

「……っ」

興奮の形を辿るように舌を這わされ、快感と羞恥《しゅうち》に身が竦《すく》む。足をバタつかせて抵抗しようとすると、その足首を玲央の大きな手で掴まれ、思いもよらない恥ずかしい格好に固定されてしまった。

「やっ、やめろ、やめてって……あっ、あ……っ、ん」

玲央の唇が、容赦《ようしゃ》なく朋樹をくわえこみ、舌と唇でねっとりと扱《しご》きあげる。玲央が顔を動かすたびに、長めの髪が下腹部をさわさわと擽《くすぐ》っていく。一糸まとわぬ姿なのに、玲央に掴まれた足に靴下《くつした》だけ履《は》いているのが見えて、その滑稽《こっけい》さが恥ずかしさに拍車をかける。

「……っ、もう、ダメだから、ヤバいって！　放せよ、あっあ……っ、んっ……っ」

限界を感じてずりあがって逃れようとしたが却って深くくわえこまれ、こらえきれずに玲央の口の中で逐情《ちくじょう》してしまう。

「はっ……は……あ……、ごめん、出して、早く」

ティッシュの箱に手が届かなくて、朋樹は息をきらしながら上半身を起こして、自分の両手を玲央の顔の前に差し出した。

玲央はその手を押しのけ、わざと朋樹に音を聞かせるように喉をならして精液を飲み下した。

「ごちそうさまでした」

「バ、バカ、なに飲んでるんだよ！」

「志方さんだって、いつも俺のを飲むじゃん」

玲央は野性的な仕草で口元を拭《ぬぐ》いながら、ケロリと言った。

顔が熱くて焼《や》け焦《こ》げそうだった。

「俺が、俺も、するから」

動揺しながら玲央の下半身に手を伸ばそうとすると、玲央に遮《さえぎ》られた。

「ダメだよ。今日は俺に全部させてよ」

玲央は自分のボトムを脱ぎ捨てると、床に放ってあったジャケットを引き寄せて朋樹の後ろに広げ、トンと朋樹の肩を押し倒した。

「わ、バカ、これ高いんだろ?」

「色気のないこと言わないでよ」

起き上がろうとする朋樹にのしかかりながら、玲央は長い手を伸ばして朋樹の仕事机の引き出しを探った。

勝手知ったる玲央が取り出したのは、自ら持ち込んだ潤滑剤《じゅんかつざい》のボトルだった。

「ちょっと腰をあげてもらえますか?」

「待ってよ、そんなの、自分でするからっ」

想いを寄せる相手の口の中で射精《しゃせい》したあげく、そんなことまでさせるなんてとても耐えられない。

真っ赤になってボトルに手を伸ばす朋樹を、玲央がちょっと首を傾《かし》げるようにして伺《うかが》い見《み》た。

「そんなかわいい顔されたら、俺が初めての男みたいな錯覚《さっかく》に陥《おちい》っちゃうよ」

朋樹は手の甲で顔を覆《おお》ってそっぽを向き、ぼそっと言った。

「……初めてだよ」

「え?」

「きみが初めての男だ」

「え? ウソでしょ? だって最初からめちゃくちゃ慣れてたし」

「慣れてるふりしてただけだよ」

「だって口でするのとかすげーうまかったし」

「……きみだってうまかったよ。男同士だから初めてだってどうすれば気持ちいいかわかるだろ」

「でも初心者がいきなり上から乗っかってくるとか、普通ありえないでしょう。……あ、でも志方さん、出血してたよね」

思い出したように言われてまた顔が熱くなる。

「……もの慣れた大人のふりをしたかった。きみにからかわれてるんだとしても、きみが欲しくて、でも笑い物にされたり重荷になったりしたくなかったから、なんか変なキャラクター演じてたんだ。バカだろ？」

もう手の内はすべてさらしてしまった。みっともなくてカッコ悪い、自分のすべてを。

「……かわいい」

ぼそっと玲央が呟いた。

「な、なに言ってるんだよ。『気持ち悪い』の間違いだろ」

「かわいい。すっげーズッキンってきた」

玲央は端整な顔にとろけるような笑みを浮かべて、くちづけてきた。甘く舌をからめられると波紋のように全身に陶酔《とうすい》が広がり、再び身体の中心に熱が集まり始める。

情熱的な長いくちづけのあと、玲央は朋樹の肩に手をかけて、身体を裏返した。

足の位置を固定したまま腰を引かれると、尻だけを突き出したような卑猥《ひわい》なポーズになる。

「ちょっ……なにを」

「そのままじっとしてて」

「うわっ！」

尻の狭間《はざま》に冷たい潤滑剤を垂《た》らされて、身が竦む。

玲央の熱い指が、それを体温となじませながらゆったりとすぼまりに塗《ぬ》りこめていく。

「待って、これダメ、こんな格好、反則だから、はっ……ん……」

「男同士は、この体位が一番負担がなくて感じやすいんだって」

「……っ、だからっ、さっきから、そういうこと、あっ、誰に聞いて……やっ」

「メイクさん。ゲイだって公言してる人がいて、その人に色々教えてもらったんだ」

たっぷりとジェルをまとった指が、浅いところからゆっくりとほぐしていく。そのぞくぞくと耐えがたい感覚に、朋樹は床に敷かれた玲央のジャケットに額を擦《す》り付《つ》けた。

「そんなこと訊いたら、きみがゲイかもって、疑われる、だろ」

「全然いいですよ。それより、好きな人とどんなふうに愛し合ったらいいか知る方が、俺にはずっと大事なことだもん。あ、ごめん、痛かった？」

朋樹の身体がびくっとなったのを見て、玲央が不安そうに顔を覗きこんできた。

朋樹は歯を食いしばってかぶりを振った。

「……痛く、ない」

「じゃ、気持ちいいの？」

「ん、はっ、あっ……」

「もう一本入れていい？」

「………っ」

節の張った長い指が増やされ、ぬるぬると内壁を刺激される。

朋樹の性器は再び硬く張り詰め、先端から透明な雫《しずく》が溢《あふ》れだす。ジャケットを汚《よご》してしまうと思ったが、どうにも身体のコントロールがつかない。

「ごめんね、ホントはもっといっぱい気持ち良くしてあげてから入れた方がいいと思うけど、俺、もう我慢できない」

「ああっ……」

ずるりと指が引き抜かれる感触に内臓をもっていかれるような感覚を覚えて身悶《みもだ》える。空疎《くうそ》になったすぼまりに、ヒタリと玲央の切っ先があてがわれた。

それはもどかしいほどゆっくりと侵入《しんにゅう》してきた。

じりじりと押し開かれるごとに、背骨を灼熱感《しゃくねつかん》が走り抜ける。たっぷりとまとった潤滑剤が玲央の大きなものの侵入を容易《たやす》くする。濡れるはずのない器官が自ら潤《うるお》い、玲央を招き入れているような錯覚に陥る。

自分で跨っているときには、挿入《そうにゅう》の深さも快感もコントロールがきいたが、この無防備な姿勢ではすべてが玲央まかせとなる。

「あっ、や、深すぎっ……ああっ」

体位のせいで思いがけないほど深くまで玲央の侵入を許してしまう。

「あ、ごめん、奥まで入れすぎた？」

玲央が気遣わしげに朋樹の腰をささえ、ずるりと身体を引く。その動きにウィークポイントを強くこすりたてられて、朋樹は自分でも居たたまれないような声をあげてしまった。

「ごめん、大丈夫？」

いちいち心配そうに確認してくる玲央の初々《ういうい》しさが、愛《いと》おしい。同性同士、性器への口淫《こういん》のポイントはわかっても、内部の構造などわかるはずもない。玲央の心配を和《やわ》らげてやりたかったが、朋樹にもまったく余裕がなかった。大丈夫、と、頷いてみせるのが精いっぱいだった。

「無理させちゃうかもしれないけど、動くね？」

両手で朋樹の腰をつかんで、玲央がゆっくりと注挿《ちゅうそう》を始める。

自分でコントロールのつかない快感は、暗闇《くらやみ》を疾走《しっそう》するジェットコースターのようだ。

思いがけないリズムで、思いがけない場所をぬるぬるとこすりたてられ、朋樹の口からは耳を塞《ふさ》ぎたくなるような喘《あえ》ぎ声《ごえ》が絶え間なくこぼれ出た。

いつの間にか玲央の片手は腰の前に回され、朋樹の興奮の形を包み込んでいた。

「あっ、ヤダ、それ、」

浅いところをぐちゅぐちゅとかきまわされて朋樹が悲鳴を上げると、玲央は荒い息をつきながら掠《かす》れた声で囁《ささや》いた。

「うん、ここ気持ちいいよね」

「違うっ、ヤダって言ってる、だろっ」

「大丈夫、志方さんのここは、ちゃんと気持ちいいって教えてくれてるから」

親指の先で、性器の先端の感じやすいところをくるくると撫でられて、あまりの刺激に朋樹は逃れるように腰を引いた。そのせいで挿入がぐっと深くなり、また大きな喘ぎ声をこぼしてしまう。

その声に煽《あお》られるように、玲央が大きく腰を使う。朋樹の内側で玲央がまたひときわ質量を増す。

「ちょっ……まって、それ以上そのデカいので深くされたら、俺、壊れるからっ」

「だって、気持ちよすぎて我慢できない。志方さんの中、熱くて、トロトロで、俺、もっていかれそう」

玲央の声が、色っぽくかすれる。覆いかぶさるように朋樹の背に裸の胸を重ね、耳朶に荒い吐息がかかる。

「ごめんね、俺、ガキで、頼りなくて」

もっと激しく注挿したいのを一生懸命耐えているようなその健気《けなげ》な甘い声に、胸がきゅうっと甘くよじれる。

「……そんなことない。さっき、仕事してるきみ、初めて見たけど、すごく大人っぽくて、かっこよかった」

「ホント?」

「うん。かっこいいのに、あっ……、普段はてんでのんきで、きみといるとホッとする」

「すげー嬉しい。もっと言って」

「……んっ、もっとって……」

「もっといっぱい嬉しいこと言われたい。『玲央のこと大好きだよ』とか」

促《うなが》すように腰を小さく動かされ、朋樹は甘い喘ぎと共に心の内を零《こぼ》す。

「……好きだよ、きみのことが、すごく、好きだ」

腰を支えていた玲央の手に、ぐっと力がこもる。

「うーっ、ヤバい。志方さん、超かわいい」

「かわいいとか、言うなよっ。一回りも年上に向かって」

「見えないけどね」

あっさり言われて悔しまぎれにわめき散らす。

「見えなくても干支《えと》が一回り違うんだよっ。年上を敬《うやま》えよ」

「敬ってるよ。すごく。だからほら、年長者からお先にどうぞ」

玲央は朋樹の興奮を煽る手の動きを早めた。

「あっ、ちょっ、待ってよ、俺はもうさっき、一回、ああっ……」

「待てない、もう無理」

「んっ、あ……」

うなじに歯をたてられ、内側の感じる場所を硬く張り詰めたものでこすりたてられて、朋樹はたちまち昇りつめた。さっき一度いったばかりなのに我慢がきかず、玲央の手の中で欲望を弾《はじ》けさせてしまう。

「はっ、あっ……」

どくんどくんと精を吐《は》くリズムに合わせて、後ろがきゅうっと収縮するのがわかる。その締め付けに玲央が息を飲む気配がして、ひと際強く腰を突きあげられる。

「あっ、うわっ……っ」

射精したばかりの敏感な身体の奥で玲央が弾けたのを感じる。熱いものを身体の奥に叩きつけられる感覚に、朋樹はブルッと身を震わせ、また小さな快楽の波にさらわれる。

玲央の体重が横にずれ、背後から朋樹の身体をやさしく抱き寄せてきた。

ひとときの静寂を取り戻した部屋の中に、しばし二人分の呼吸音が行き交う。

「……ジャケットが、台無しだよ」

荒い息とともにぼそっと朋樹が言うと、玲央が肩口で失笑をもらした。

「またそういう色気のないことを」

だってこの状況でほかになにを言えばいいのだ。恥ずかしすぎてはぐらかしたくなる。

「そんな服の一枚や二枚、どうってことないですよ」

クールな口調で言ったあと、玲央は「はぁ」とため息をもらした。

「って言ってみたいけど、ヤバいですね。クリーニングでなんとかなるかな。実はちょっとびっくりするくらい高かったんです」

情けない玲央の声を聞いたらふっと力が抜けて、朋樹は声をたてて笑った。

「あ、呆《あき》れてます？　経済力のないガキは好みじゃないとか今更言われても逃がしませんよ」

「それはこっちの台詞《セリフ》だよ。やっぱり若い女の子の方がいいとか言われても、執念《しゅうねん》深く追い回してやる」

愛されたらとたんに強気。そんな自分の台詞に、苦笑いする。

本当は、やっぱりまだ演じている。実際に玲央にそう言われたら、朋樹はきっと逃げるように身を引いて、一人で一生うじうじ引きずり続けるのだろう。人の性格なんて、そう簡単に変わりはしない。

玲央が背後から抱く力をぎゅっと強める。

「俺はめちゃくちゃ一途だよ。志方さん以外の人になんか、目がいかないよ」

甘い言葉に免疫《めんえき》のない朋樹は、敷物になっている玲央のジャケットにそわそわと顔を埋《うず》めた。やわらかな感触が気持ちいい。

「……今度、買い物につきあってよ」

情交で掠れた声で、朋樹はぼそっと呟いた。

「いいよ。なに買うの？」

「暖かいコート」

「気が早いなぁ」

ちょっと呆れたような玲央の声に、朋樹は笑いながら言った。

「きみが見立ててくれる？」

「もちろん！　あと二週間もしたら秋物が一斉《いっせい》にショップに並ぶから、そうしたら見に行こうよ。二人で買い物なんて初めてだね。っていうか初デート？　志方さんの服を選べるなんて、スゲー楽しみ」

玲央のうきうきした声に、朋樹は幸福のあまり涙ぐみそうになった。

いつも季節に置いてけぼりをくらっているから、たまには季節を先取りしたい。新しい季節に新しいコートを着て玲央の隣を歩く自分を想像すると、嬉しすぎて息が苦しくなる。

その時、玲央はこのジャケットを着てるのかな。ちゃんとしみ抜きして、クリーニングに出して、すっかりその形跡は消えても、このジャケットを見るたびに、今日のことを思い出してどぎまぎしてしまうに違いない。

暖かい腕の中で、生まれて初めて幸福な未来を想像しながら、朋樹はうっとりと目を閉じた。

恋愛☆パラドックス

LOVE☆ PARADOX

「風が気持ちいいですね」

開店間もない昼前のカフェのテラス席で、玲央《れお》がアイスコーヒーを飲みながら微笑《ほほえ》んだ。

「いつの間にか空がすっかり高くなったね」

朋樹《ともき》も笑顔で応じて、カフェラテをスプーンでくるくるとかき混ぜた。

十月に入り、空気はからりと乾いている。

玲央とつきあい始めてから一ヵ月になるが、朋樹はいまだそのことが信じられず、目の前で豪快にBLTサンドにかぶりついている恋人の顔をぼうっと見つめた。

「なんですか?」

朋樹の視線に含《ふく》みを感じてか、玲央がにこにこと訊《たず》ねてくる。

「あ、いや、うまそうに食うなぁって思って」

「すごくうまいです。家の近所にこの店ができてくれて、超ラッキーです」

「だね。俺もプロット作ったり打ち合わせしたり、重宝《ちょうほう》してるし」

玲央とつきあい始めたのとちょうど時期を同じくしてオープンしたこのカフェに、朋樹は足《あし》繁《しげ》く通っている。

「志方《しかた》さん、今までは自分の机じゃなきゃ仕事できないって言ってたのにね」

「うん。外でやるって考えたことなかったけど、これが意外とはかどるんだ」

「気分転換って大切ですよね」

玲央の爽《さわ》やかな笑顔の前で、朋樹はちょっと後ろめたくなる。

このカフェで仕事をするようになったのには、不純な理由がある。ここは駅から二人が暮らすコーポの間にあり、大学や仕事先から帰宅する玲央がかならず通る場所なのだ。

ここに座って、玲央の帰りを待ちながらプロットやネームをやると、わくわく感とタイムリミットの相乗効果で仕事がはかどる。三十過ぎた男が何をやっているのだという感じもするが、朋樹はこの信じられない幸運な状況を何度も確認し、堪能《たんのう》せずにはいられなかった。

「志方さん、あんまり食べてないけど、やっぱ寝不足で疲れてる？」

締切明けの朋樹の体調を気遣《きづか》うように、玲央が向かいから顔を覗《のぞ》き込《こ》んでくる。

「いや、大丈夫」

「無理に誘っちゃって、すみません」

「とんでもない。こっちがコートを見立ててほしいってお願いしたんじゃないか」

「でも、志方さんはもっと先でもいいって言ってたのに、俺が無理矢理今日にしたんだし。ホントはもうちょっと寝てたかったんじゃない？」

「そんなことないよ」

むしろ玲央との外出が楽しみで締切明けだというのに思いっきり早起きしてしまったくらいだ。食欲がないのも、寝不足のせいなどではなく、目の前に男前の恋人がいるせいだ。玲央はしょっちゅう朋樹の部屋に来ているし、そのたび一緒に食事をしているけれど、こうして改まって外で向かい合うと妙にそわそわして、それだけでお腹がいっぱいになってしまう。

もちろんそんな気味の悪いことを口に出せるはずもなく、朋樹はなんとか皿の上のフレンチトーストを平らげようとナイフを入れる。

「味見する?」

玲央にも手伝ってもらおうと、一片を皿にのせようとすると、フォークを持つ手を上からがしっと摑《つか》まれて、そのまま玲央の口元へと移動させられた。

「ちょっ、ちょっと……」

朋樹の狼狽《ろうばい》などどこ吹く風で、玲央は朋樹の手の先のフレンチトーストにかぶりついた。

「あ、うまい。塩味のフレンチトーストって初めて食べた」

「何してるんだよ、こんな人目につくところで」

頰がかっと熱くなるのを感じて、朋樹は慌てて手を引っ込めた。

「いいじゃん。俺はむしろ世間に見せつけたいくらいなんですけど」

屈託《くったく》なく微笑む玲央の前で、朋樹は鼻白《はなじろ》む。自分がゲイだと自覚してから、ひたすらその性《せい》癖《へき》を隠すことばかりを考えて生きてきた朋樹にとって、玲央のあけすけさは理解しがたいものだ。

けれどそれは決して不快ではなかった。それどころか、この恋愛を玲央が誰憚《はばか》ることのないものと考えてくれていることが、泣きそうなくらい嬉しい。

「そういえば、これって俺たちの初デートですよね」

ふと楽しげな口調で言われて、朋樹は更《さら》にうろたえる。

「デートとか、別にそんなんじゃなくて、単に一緒に遅めの朝食を食べて、服を見に行って、そのあと映画でもみようかってだけの話で……」

朋樹が必死で言《い》い募《つの》ると、途中で玲央が噴《ふ》き出《だ》した。

「志方さんって面白《おもしろ》いなぁ。そういうのをデートって言うんじゃないですか」

そう言われてみれば確かにその通りで、返す言葉が出てこない。

コーポの隣同士、毎日顔は合わせているけれど、二人とも丸一日オフという日はなかなかなくて、こんなふうに昼間から二人で外に出るのは初めてのことだった。

照れ隠しにそそくさとフレンチトーストを口に押し込み、伝票に手を伸ばす。

「待ってよ。誘ったの俺だし、今日は俺が払います」

伝票を取り返そうとする玲央の手を逃《のが》れ、朋樹はさっさと席を立つ。

「貧乏学生が何言ってるんだよ」

「昨日、バイト代が出たんで」

「大事にとっておきなよ」

「でも」

「長谷川《はせがわ》くんが社会人になったら、倍返ししてもらうから」

そう言って朋樹は強引に会計を済ました。現時点で、朋樹が玲央に勝っているのは収入だけなのだから、せめてデート代くらいは出させてもらいたい。

ちなみに「現時点では収入だけ」というのは、今後はもっと勝る点が増えるという意味ではもちろんない。数年後には、恐らく収入の面でも玲央に劣《おと》るようになるだろう、という意味だ。

「すみません、ごちそうさまでした」

礼儀正しく頭を下げてから、玲央はもの言いたげな目で朋樹を見た。

「あの、ひとついいですか？」

「何？　倍返しのことなら、もちろん冗談だよ」

「いや、ちゃんと稼《かせ》げるようになったら、倍どころか百倍返しさせてもらうつもりですから！……ってそこじゃなくて、いい加減『長谷川くん』はやめましょうよ。敬称いらないです」

この一ヵ月の間に何度言われたかわからない台詞《セリフ》だった。

「……名前の呼び捨てって今まで誰にもしたことないから、慣れなくて」

言い訳めいて言ってしまってから、人とのかかわりが希薄なこれまでの生き方にひかれるかなと焦《あせ》ったが、玲央はむしろ嬉しげに眼を輝かせた。

「え、じゃあ俺が初めて？　すげー嬉しい」

「……そんなことで嬉しがるなんて、きみはどうかしてる」

「きみじゃなくて玲央です。せーの」

掛け声をかけて名を呼ばせようとする子供っぽさと、通りを行く人が思わず振り返るような端整なルックスとのギャップがなんだかおかしくて、朋樹は苦笑しながら小さく「玲央」と口にしてみた。

「あー幸せ」

そんなことで嬉しがってくれる恋人の姿にうずうずとあたたかい気持ちになりながら、ふと、こういう場合こちらも同じようにすべきなのだろうかと戸惑《とまど》う。

俺も朋樹って呼んで、とか?

めらめらと顔が熱くなる。

三十二にもなってそんな羞恥《しゅうち》プレイ、勘弁して欲しい。しかし玲央はお返しを期待しているかもしれない。ここは気が乗らなくても年長者として勇気を出すべきか。

「あ、あの、」

朋樹がおどおど口を開くと、玲央はおかしそうに朋樹を見た。

「そんな怯《おび》えた顔しなくても大丈夫です。志方さんのことも呼び捨てにさせてくれなんて言いませんから」

「え、あ……」

内心の葛藤《かっとう》をすっかり見透かされていたことにうろたえる。

「俺は玲央って呼ばれたいけど、志方さんのことはやっぱり敬意をこめて志方さんって呼びたいです。あ、でも名前呼びの方が良かったら、もちろんそうしますけど」

「いや、今まで通りの方が落ち着く。敬意はいらないけど」

「敬意はこもりますよ。だって人生の大先輩だし、尊敬する漫画家さんだし」

今まで通りに呼んでもらえることに安堵《あんど》しつつも、その理由に距離を感じて微妙な気分になる。

傍《かたわ》らを歩いていた玲央が、ふいと手をつないできた。

「そんな志方さんが、俺の腕の中ではめちゃくちゃかわいくなっちゃうギャップに、すげー興奮するんですよね。だから敢《あ》えて『志方さん』でいきたいなぁとか思う俺ってちょっと変態入ってますかね」

「……バカ」

微妙な気分は霧散《むさん》し、朋樹は一気に恥ずかしくなってメガネの奥の目を落ち着かなくさまよわせた。

初デートの一日は、出だしの甘やかさをずっと引きずったものになった。

玲央の案内で何軒かショップを回って、当初予定していたコートのほかに数枚のシャツやパンツを買った。玲央の見立ては、かなりスタイリッシュだったりかわいかったりして、無難好みの朋樹だったら選ばないような物が多く、最初は羽織ってみるのさえ躊躇《ためら》われた。ところが実際に試着してみると思いのほかしっくりときて、朋樹の顔立ちに映《は》えるものばかりだった。

買い物のあとは、映画を見た。玲央がバイト先でチケットをもらってきた恋愛ものだった。上映中、玲央に暗闇《くらやみ》の中でつないだ手をいじり回されていたおかげで、ストーリーはほとんど頭に入ってこなかった。

その後、これといった目的もなくブラブラと気持ちのいい街歩きを楽しんだ。

軽く飲みながら夕食を取り、月明かりの夜道をほろ酔《よ》いで家路に着くころには、朋樹の成分の九十パーセントは幸せでできていた。

思い合う相手と過ごす一日は、なんてわくわくして、なんて幸福で、なんて時間が経《た》つのが早いのだろう。

俺たちの初デートですね、と玲央は言ったけれど、朋樹にとっては『俺たちの』どころか三十二年の人生で初めてのまともなデートだった。

世のカップルたちは、みんな普通にこんな楽しい日常を送っているのかと思うと羨《うらや》ましいような、遂《つい》に自分もその仲間入りをしたことが面映《おもは》ゆいような、なんとも甘酸っぱい気持ちになる。

コーポに到着してもなんとなく名残惜《なごりお》しく、

「お茶、飲んでいく?」

朋樹はそろそろと玲央を自分の部屋に誘った。

玄関のドアを閉めるなり、玲央は朋樹を抱きしめて、唇を重ねてきた。

「んっ……」

下げていた紙袋がガサガサとあがりがまちにおちる。

朋樹はおずおずと玲央の腰に手を回して、甘く熱っぽいくちづけを受け入れる。

情熱的に舌を絡めながら、玲央は朋樹のシャツの中に大きな手のひらを滑《すべ》り込《こ》ませてきた。

朋樹は慌てて玲央の胸を押し返した。

「ちょっ、何してるんだよ、お茶って言っただろ」

「うん、あとでいただきます」

「あとって」

「セックスのあとで、喉の渇《かわ》きを癒《いや》しましょうね」

「ちょっと、あっ、ばかっ……」

狭《せま》いあがりがまちの壁に朋樹の背中を押しつけ、玲央が首筋に唇を寄せてくる。

「しばらく仕事が忙しくてお預けだったし、俺、すっげー飢《う》えてます」

情熱的に身体を撫《な》でまわされて、膝の力が抜けていく。ずるずると壁伝いにへたり込むと、そのまま床に押し倒された。

玲央がいう「お預け」状態は、本当のところ仕事のせいばかりではなかった。

想いが通じ合う前には、Sキャラぶって朋樹の方からセックスをしかけるような大胆《だいたん》なことをしていたのに、両想いになって、これまでの事情をぶっちゃけたあとは急に現実に立ち返っ

て恥ずかしくなり、玲央の前で身体を開くことに躊躇いを覚えるようになってしまった。

この一ヵ月でまともに身体を重ねたのは二回だけ。しかもその二回とも朋樹は逃げ腰で、こんなふうに玲央になし崩しに押し倒されたパターンだった。

とはいえもちろん、無理強《じ》いというわけではない。好きな相手にくちづけられて優しい愛撫《あいぶ》を加えられれば、経験値の低い朋樹の心も身体もあっという間に火がついて、抵抗する気など失《う》せてしまう。

ひんやりとした床の上で身体中を念入りに探られて思いっきり喘《あえ》がされたあと、そっと引き起こされ、向かい合って座るような体位で結合の形を取らされた。

「ちょっと待てよ、やだよ、これっ！」

自分の方から乗っかっていった過去もあったというのに、というかあったからこそか、こういう体勢をとらされると無性に恥ずかしい。

「でも、床だと背中が痛いでしょう」

興奮の最中にあっても気づかいを忘れない玲央の言葉に、今まで誰からもこんなふうに優しく愛されたことのない朋樹はたちまちキュンとなってしまう。

「あっ、あっ……」

ゆらゆらと揺すり上げられ、朋樹は玲央の首にすがりついて、甘い啼《な》き声《ごえ》をあげた。

初デートから一週間後の夕刻、朋樹《ともき》は先日と同じカフェのテラス席で、秋の心地いい風に吹かれていた。新連載の開始時期も確定し、つい今しがたまでここで泉美《いずみ》と打ち合わせをしていたところだった。

ネームの変更箇所に手を入れながら、時々ふと通りに視線を送る。玲央《れお》は今日は大学だけで、バイトは入っていないはずだから、そろそろ帰ってくる頃だ。

いい歳をしてこんなところで恋人の帰りを待ちわびている自分が、滑稽《こっけい》だが幸せだった。

仕事も順調。恋も順調。幸せすぎてなんだか落ち着かないという、生まれて初めての気分を味わっている。

仕事に集中しつつも、通りを人影がよぎるたび、メガネの奥からちらりと視線を送ってしまう。高校生の二人連れ。買い物帰りの女性。スーツ姿のサラリーマン。玲央でないことを確認しては、またネームに視線を戻す。

視界の端に、そのスーツ姿の男が通りを過《よぎ》ってこちらに近づいてくるのが見えた。カフェに入るのかと思いきや、ダイレクトにテラス席の方に歩いてくる。

朋樹はなんとなくつられて顔をあげた。

ありふれたグレーのスーツを下から上へと眺《なが》め上《あ》げ、紺色のネクタイの上の顔を見たとたん、心臓からひやっと血の気が引いたような感じがした。

目の前に立っていたのは、かつての職場の同僚、細野匡史《ほそのただし》だった。

「志方《しかた》、こんなところでなにしてるの？」

まるで何事もなかったような気さくさで声をかけられて、思わず固まる。

「……あ、いや」

テーブルの上に広げていたネームを慌てて揃《そろ》えてファイルに突っ込む。

細野はいいかとも訊かず、朋樹の前の椅子を引いて腰掛けた。

「どうしてるのかなって思ってたんだよ。理由も言わずに急に仕事辞めちゃうし、携帯も番号変えただろ？　誰も連絡つかないって言ってたしさ」

身ぎれいで好青年然と整った顔立ちは、五年前と変わらない。

屈託《くったく》のない様子で、かつての人懐《ひとなつ》っこさのまま、話しかけてくる。

「俺、二年前に市役所に戻ってさ。最近、この近くに引っ越してきたんだ。まさかこんなところで志方に会えるなんて思ってなかったけど、もしかしてご近所さん？」

「ああ、うん」

「今、何してるの？　その格好からして、今日は仕事は休み？」

「いや、今は在宅で仕事してるから……」

「へえ。どんな仕事？」

ずけずけと遠慮《えんりょ》なく切り込んでくるところは、当時と変わっていない。

「なんていうか、……出版物の版下を作成するみたいな」

「在宅校正かなんか？」

「あー、うん、なんていうか……」

「あれって単なる通販商法じゃなかったのか。どっちにしても、この出版不況じゃ大変だろう」

勝手に色々決め付けて失笑してから、細野はしげしげと朋樹を見つめてきた。

「志方、なんか雰囲気《ふんいき》変わったな」

「……そう？」

「前はもっと地味な印象だったけど」

そう指摘されて、俄《にわ》かに落ち着かなくなる。

今日着ているカットソーとデニムは、先週玲央の見立てで買ったものだ。玲央とショップの店員に、「似合う」「顔映《うつ》りがいい」と盛《さか》んに褒《ほ》められてちょっといい気分になっていたが、傍《はた》から見たら浮いているのだろうか。

細野は腕組みをして、品定めするように朋樹を無遠慮に眺《なが》めまわした。

「五年前より若返ってる」

ただでさえネガティブな朋樹は、相手が細野ということで余計にその言葉を悪い方に解釈《かいしゃく》して、更《さら》に居心地が悪くなる。

「……細野は五年前と変わらないね」

何を言ったらいいのかわからず無難な台詞《セリフ》を返すと、細野は笑って肩を竦《すく》めた。

「よく言われるよ、歳を取らなくて羨《うらや》ましいって」

朋樹とは対照的に、細野はなんでも都合よく解釈する。昔からそういう男だった。

当時、自分にはないそういうポジティブさや人懐《ひとなつ》っこさが眩《まぶ》しく、そんな相手に親しみを寄せられたことで簡単にのぼせあがった。あの頃の自分を思い出すと、なんとも居たたまれない気分になる。今ではどうしてこんな男の手管《てくだ》にのせられたのか、自分でも理解に苦しむ。

そんなことをぐるぐる考えていたら、ふいと細野がテーブルに身を乗り出してきた。

「もしかして、俺のせい？」

「え？」

唐突に問われて、朋樹は眉《まゆ》をひそめた。

「志方が仕事を辞めたのって、俺のせいじゃないかって、実は気になってたんだ」

そらとぼけた顔をしながら、ちゃんとわかっているんじゃないか。

とはいえ、素直に認める気になれなかった。こんな男のせいで仕事を辞めたのだと思うと、今更ながらあまりにもバカらしかった。

無言の朋樹に、細野は思わせぶりに続けた。

「辞める前、しばらく様子がおかしかっただろ。俺が誘っても、なんだかんだ理由をつけて断ってくるし。で、考えてみればそれって、俺がトイレで同僚とおまえの噂話《うわさばなし》をした直後からなんだよな。……もしかして、あれ、聞かれてた？」

当時の屈辱的《くつじょくてき》な気分を思い出すと、苦いものがこみあげてくる。それが表情に出たのだろう、細野は愛想笑いを浮かべて、テーブルの上の朋樹の手をポンポンと親しげに叩いた。

「言い訳したかったんだけど、そうこうするうちにいきなり辞めちゃうし、連絡つかなくなるし、途方に暮れたよ」

細野は、朋樹の目を真正面からじっと見つめてきた。

「だけどこんなところでばったり再会するなんて、なんだか運命的だな」

いきなりぎゅっと手を握《にぎ》られて、背筋に悪寒が走った。

その時、三十メートルほど先の角に玲央の姿が見えた。

朋樹は弾《はじ》かれたように立ち上がった。

「待ち合わせ相手が来たから。じゃ」

細野の手を振りほどいて伝票を摑み、素早く会計を済まして通りへと出た。

玲央はすぐに相好《そうごう》を崩《くず》して駆けよってきた。

「打ち合わせの途中だったんじゃないですか？　今日は安原《やすはら》さんじゃないんですね」

細野のいるテラス席の方を見ながら言う。

「あ、うん。もう終わったから」

適当に答えて、さりげなくカフェの正面を迂回《うかい》する道へと玲央を誘導する。

「今日はこっちから行こうよ」

「珍しいですね」

「たまには違う道もいいだろ」

「まあ、そうですね」

玲央は朗らかに笑って、朋樹の手を握ろうとしてくる。背後から細野に見られているような気がして、朋樹はさりげなくその手を避けた。

いっそさらっと玲央に言ってしまうべきなのかもしれない。今のは打ち合わせ相手じゃない、自分が仕事を辞める元凶《げんきょう》となった男だと。偶然再会したと思ったら、いきなり馴れ馴れしく触ってきて、ぞっとした、と。

けれど、咄嗟《とっさ》に言葉が出なかった。過去の出来事に関しては玲央に一通り話してあるが、それを今更蒸し返す生々《なまなま》しさに耐えられなかった。細野の存在は、男しか好きになれない自分の性癖《せいへき》の象徴《しょうちょう》のようで、元来ストレートの玲央の前にそういう自分を改めてさらして引かれるのが怖かった。

もう二度と会わないように気をつければいい。すべては過去のことだ。そう自分に言い聞かせて、玲央の話に笑顔で相槌《あいづち》を打ちながらも、もやもやとしたイヤな感じはそう簡単には消せなかった。

「だけど志方《しかた》さん、玲央《れお》のモテ方ってハンパないんですよ。この間なんて学生課の事務のお姉さんにまでコクられちゃって〜」

玲央の友人の池端《いけはた》が、ほろ酔《よ》いの上機嫌で朋樹《ともき》の肩をばしばし叩きながら玲央の武勇伝を次々と喋《しゃべ》り散《ち》らす。

「池っち飲みすぎだって」

玲央が池端の手を朋樹の肩からべりっとはがして窘《たしな》める。

「コクるもなにも、あんなのただの冗談だろ」

「いやいや、冗談なんかじゃないって。お姉さん、目がマジだったぞ」

もう一人の友人の小菅《こすげ》が、からかい顔で言う。

「ホント、こいつ一人でモテやがって、もう大学中の女を全部食い散らかす気かって話ですよ」

「適当なこと言うなよ。俺は一人たりとも食ってないから」

玲央は信じてくれと訴《うった》えかける視線を朋樹に送ってくる。

「そこがまた、こいつの腹立たしいとこなんですよ。いっそ片っぱしから食ってくれれば納得がいくのに、誠実ぶっていちいちご丁寧《ていねい》に断りいれて、手も出さないんですよ。どう思います、志方さん」

「だから池っち、いちいち志方さんに振るなよ」

「いや、ほら、長谷川《はせがわ》くんは人気商売をしてるわけだし、やっぱり身辺には気をつけないとって感じじゃないかな」

作り笑いで朋樹が差し障りのない模範解答を提示すると、

「長谷川くんじゃなくて、玲央です」

こんなときまで玲央が呼び名に訂正を入れてくる。

ご機嫌に酔っ払った大学生三人の若さに、朋樹は少々気圧《けお》され気味だった。

ネームの返事待ちで手持ち無沙汰《ぶさた》だったところを、玲央に、友達と鍋《なべ》パーティーをやるから是非《ぜひ》一緒にと誘われて、玲央の部屋で今年最初の鍋をつつくことになった。

このところ電気やガスを止められてはいないようだが、それでも玲央の財政事情を知っている友人たちがカセットコンロと食材持参でやってきているところが微笑《ほほえ》ましかった。モテすぎることを冗談交じりにやっかまれたりしながらも、玲央は友人たちからとても愛されている。

世代の違う自分が混ざったりしたら邪魔なだけではないかと思ったが、実にフレンドリーな歓待ぶりだった。それは持参した缶《かん》ビールの差し入れのせいばかりではなく、多分玲央の人となりゆえだ。玲央の友人なら楽しくやれるという思いが、玲央を挟《はさ》んだ双方《そうほう》に自然と伝播《でんぱ》する感じだった。

恋人が男からも女からも人気があるというのは、なんとも誇《ほこ》らしく嬉しいことだった。しかも言い寄られたからといって迂闊《うかつ》に手を出したりしない誠実さはいかにも玲央らしく、益々《ますます》好ましい。

「いや、でもモテるって言ったら志方さんだってモテるでしょう。人気漫画家で、しかもそのルックスで独身って」

しみじみと言う小菅に、池端が大きく頷く。

「だよな。まさか志方さんがあのキモトタカシだったなんて。びっくりしましたよ」

当初、玲央は朋樹の仕事のことは友人たちに伏《ふ》せてくれていたが、玲央の部屋にキモトタカシのサイン本があったことからずるずるとバレてしまったらしい。

「お世辞は嬉しいけど、まったくモテたことなんかないよ」

「またまた〜」

「ホントに。恋人いない歴三十二年だから」

「真顔で冗談言わないでください」

大学生を前に大真面目《おおまじめ》に恥歴史をカミングアウトしている自分に失笑していたら、玲央が口を挟んできた。

「でも、今はいますよね、つきあってる人」

何を言い出すんだと、朋樹はうろたえる。

「いや、あの、俺の話はどうでもいいよ」

「えー、聞きたいっすよ、志方さんの彼女のこと。きれいな人なんでしょうね」

「……いや、まあ、相当きれいだけど」

ついうっかり答えてしまう。

「おーっ、いきなりノロケですか」

「いや、そういうんじゃなくて、誰から見てもきれいな人だから」

「俺は志方さんの方がきれいだと思うけど」

玲央がケロッと言うのに、朋樹は思わず赤面する。

友人二人は面白《おもしろ》そうに玲央を見た。

「なにそれ。玲央は志方さんの彼女に会ったことあるわけ？」

「うん」

「どんな人？」

「んー、結構でかかった」

「は、長谷川くん、ちょっと……」

「松下奈緒《まつしたなお》みたいな感じですかね」

「い、いや、ちょっと、それはどうかな」

しどろもどろの朋樹に、玲央がにこっと笑いかける。

「相手は志方さんにメロメロって感じですよね。もう好きで好きでたまんないって感じ」

だからなんでそんなことをと、朋樹は口をぱくぱくさせる。

「っていうか玲央、なんでそんなに詳《くわ》しいんだよ」

池端の問いに、玲央は無邪気な笑みを返した。

「まあ、ほら、お隣さんだから、色々筒抜けてくるし」

「盗聴マニアかよ。いきなり爽《さわ》やかなイメージを覆《くつがえ》してんじゃねーよ」

オロオロしていると、タイミング良く朋樹の携帯が鳴りだした。

「あ、ちょっとごめん」

賑《にぎ》わしい部屋からトイレの方へと中座して電話を受ける。相手は泉美《いずみ》で、ネームＯＫとの連絡だった。短い通話を終えて部屋に戻った朋樹は、これ幸いとばかりに三人に声をかけた。

「仕事の連絡が来たから、これで失礼するね。おいしかったです。ごちそうさま」

「えー、もう帰っちゃうんですか?」

「また次回も誘わせてくださいね！」

池端と小菅が名残惜《なごりお》しげに言ってくれるのを嬉しく思いながら、玄関へと向かうと、ナチュラルに玲央がついてきて、朋樹の部屋まで送ってくる。

「きみが変なこと言い出すから、冷や汗かいちゃったよ」

朋樹が口を尖《とが》らせると、玲央は失笑をもらした。

「すみません、志方さんの動揺《どうよう》する顔がかわいくて、つい」

「……ひどいな」

「すみません、調子に乗りすぎました」

殊勝《しゅしょう》に謝ってみせて、玲央は朋樹の指先をきゅっと握《にぎ》った。指先から甘い痺《しび》れが伝う。

「騒がしい飲み会だったけど、疲れませんでしたか？」

「全然。すごく楽しかった」

嘘ではない。若さに気圧されるところはあっても、玲央の友人は好青年ばかりで、話をするのはとても楽しかったし、創作の刺激ももらった気がする。

玲央は摑《つか》んだ指先を引き寄せると、チュッと唇をつけた。

「だったらよかった。最近、志方さんちょっと元気がないから、心配してたんだ」

いきなり鋭《するど》い指摘をされて、ドキリとなる。

「あ……、ごめん。ちょっとネームで詰まってたせいで色々上の空だったかも。でも、もう大丈夫だから」

空元気《から》で笑ってみせると、玲央も笑顔を返してくれた。

「仕事、手伝いますよ？」

「ありがとう。でも、今日はまだそこまで進まないと思うから。また連絡するね」

「わかりました」

そう言うと、玲央はやおら朋樹を抱きしめてきた。

「は、長谷川くん、」

「玲央です」

「ええと、玲央」

「なんですか？」

「友達が待ってるよ」

玲央は無言でそのまま五秒ほど朋樹を抱きしめたあと、パッと身体を離した。

「このまま、また玄関に押し倒したいところですけど、あいつらに志方さんの色っぽい声を聞かせるのは癪《しゃく》なんで、今日は我慢します」

冗談めかした口調で言って、玲央は自分の部屋に帰って行った。

壁ごしの楽しげな声を聞きながら、朋樹はのろのろと部屋にあがり、仕事机に向かった。

また、玲央に言いそびれてしまった。

元気がない、と鋭い観察眼を見せられた時に、今度こそさらっと言ってしまえばよかった。最近細野《ほその》に待ち伏せされて、いやな感じがしている、と。

偶然の再会から十日、あれ以来お気に入りのカフェに近づかないようにしているのだが、駅で二回と近所のコンビニで一回、細野と会った。偶然にしては頻度《ひんど》が高すぎる気がして、朋樹は落ち着かない気分になっていた。会うたびに何かと話したがる細野だが、朋樹の方は毎回逃げ腰で、その場を立ち去ったあとには、つけられてはいないかという被害妄想《もうそう》に陥《おちい》り、あえて遠回りをしたりして帰宅している。

とはいえ、再会した日に手を握られたことを除いては、細野の行動に常識を逸脱《いつだつ》したところは見られない。立ち話の内容も、かつての同僚のことや景気のこと、天気の話など、顔見知りが交わすごくありきたりな雑談ばかりだ。

だからこそ、わざわざ玲央に話すのも躊躇《ためら》われた。昔の同僚がたまたま近所に越してきて、最寄りの駅やコンビニで会って、世間話をしかけてくる。そんなことをいちいち相談したり報告したりするのも、おかしな話ではないか。

そもそも、相手に入れあげていたのは朋樹の方で、向こうは罰《ばつ》ゲームで朋樹をからかっていたにすぎないのだ。つけまわされているなどと思うのは、滑稽《こっけい》な自意識過剰《かじょう》だ。

とはいえ、細野と顔を合わせるのは憂鬱《ゆううつ》なことだった。顔を見るたび、かつての不快な出来事を思い出すことになるし、そのせいで今の幸せにまで影がさす。

いっそ玲央と一緒に引っ越してしまったらどうかなどと思いもしたが、成人しているとはいえまだ学生の身である玲央にそんな手前勝手なお願いを押しつけるわけにもいかないし、そうなれば引っ越したい理由を話さなければならない。

どうしたものかと憂鬱になりつつ、けれどその時にはまだそれほどの切迫感《せっぱくかん》もなく、朋樹はなんとか頭の中からイヤなことを追い出して、目の前の原稿に神経を振り向けた。


五度目の偶然は、その二日後の夕方に訪れた。

いつもは朋樹《ともき》が自ら届けているカラー原稿を、外出のついでだからと泉美《いずみ》が取りに寄った。コーポのドアの前で受け渡しをし、泉美を見送って部屋の中に引っ込もうとした時だった。

「志方《しかた》」

階下から聞き覚えのある声で呼ばれて、背筋を悪寒が走った。薄闇《うすやみ》の中、怖々と視線をめぐらせると、外階段の影からスーツ姿の細野《ほその》が現れた。

「偶然だな、たまたま通りかかったんだけど、ここ、志方の家？」

そう言って笑う細野にゾッとした。

そんな偶然があるだろうか。これでもまだ、つけまわされていると思うのは自意識過剰《かじょう》だろうか。

「せっかくだから寄らせてもらってもいい？」

「あ、いや、ごめん、仕事中だから」

「コーヒー一杯くらいいいだろう。仕事の邪魔はしないよ」

「ごめん、ホントに忙しくて」

「そういえばさっきの女も門前払いくらってたけど、別れた女かなんか？　それとも訪問販売？」

観察されていたことにさらにゾッとしながら、朋樹はふるふるとかぶりを振った。

「いや、仕事関係の人だけど、中、散らかってて人を通すような場所ないから」

「男の一人暮らしってそういうもんだろ。俺だって同じだから、気にならないよ」

それでも強引にあがりこもうとする男に辟易《へきえき》する。

ただでさえ他人を家にあげるのが苦手な朋樹だが、細野に関してはとにかく絶対に勘弁願いたかった。

「あの、ええと、じゃ、外で。そこの通りのカフェに行こう」

密室で二人きりになるくらいなら、まだ人目のあるところの方がいい。

コーヒーを前に向かい合うと、細野はちょっと自嘲《じちょうてき》的な調子で言った。

「俺、もしかして避けられてる?」

こっちこそ、もしかしてつけられてる? と切り返したいところだったが、肯定《こうてい》されても怖いので問い返せなかった。

なんとも答えようがなくて黙り込む朋樹に、細野は少しばかり神妙な表情になった。

「ずっと謝りたいと思ってたんだ。まさかあの程度のことで志方が仕事を辞めるなんて思わなくて」

五年も引きずっていた身としては、「あの程度のこと」という言い方に嫌な気持ちになったが、朋樹はあえて笑ってみせた。

「そんなことで仕事をやめたわけじゃないよ。ほかにやりたいことがあったから」

それは虚勢であり、辞めた時点ではやりたいことなどひとつもなかった。

ただ、最近になって、朋樹は五年前の出来事を結果的にはよい転機だったと思えるようになってきていた。

辞め方は最悪だったし、その後運と巡《めぐ》り合《あ》わせで漫画の仕事が軌道《きどう》にのったあとも、自分の仕事に大したプライドも持てずにいた。

気持ちを変えてくれたのは、玲央《れお》だった。朋樹の作品に熱い思いを寄せ、好きなことを仕事にしているなんてすごいと、単純に感心してくれた。その時には「好きでやっているわけじゃない」などと傲慢《ごうまん》で感じの悪い答え方をしてしまったし、実際ずっとそう思ってきた。けれど最近、仕事への熱意を強く感じる。それは急に芽生えたものではなく、本当はずっと持っていたのに、ネガティブな思考に邪魔されて自分でも気付かなかったのだ。

人と打ち解けることが苦手な朋樹にとって、自分の作りだしたキャラクターを作品の中で自在に動かすことはなんともいえない快感であり、そのことで食べていけているということは、感謝すべきことだった。

親に勘当されても自分のやりたいことを貫いている玲央を見ていると、自分ももっともっと真摯《しんし》に今の仕事に打ち込みたいと思う。

朋樹は目の前でコーヒーをかき混ぜている男を見つめた。

度々《たびたび》の出現の理由が「ずっと謝りたいと思っていた」ということなら、それを受け入れればことは済むのだろうか。

朋樹は笑顔で言った。

「あの程度の悪ふざけ、別に気にしてないから。細野ももう気にしないで」

細野はカップからゆっくりと視線をあげた。その難なく整った顔に微《かす》かに笑みが浮かぶ。

「ありがとう」

細野もあの悪ふざけのことを気にしていて、謝る機会を探していたのだと思うと、諸々《もろもろ》のことはすべて水に流そうという気になった。

「今日は話せてよかった。仕事があってゆっくりできなくて申し訳ないけど」

朋樹はテーブルに手をついて、腰を浮かせた。

その手を、いきなり向かいからテーブルに押さえつけられた。

ぎょっとして心臓が飛び出しそうになる。

細野の笑顔に、どこか剣呑《けんのん》な色が混じる。

「そんな前向きな辞職理由だったなら、なんで携帯ナンバーを変えたり引っ越したりしたわけ?」

「……え?」

「だいたい、慈悲《じひ》深く許してやるみたいな態度だけどさ、そもそも俺に夢中だったのは、そっちだろ?」

打って変わった人の悪い声に、朋樹は絶句する。

「あの頃、志方にもらった熱烈なメール、今も保存してあるけど見たい?」

テーブルについた手のひらから、どっと冷たい汗がにじみ出す。思い出したくもない五年前の屈辱《くつじょく》。つきあっていると思っていた相手に、恋に恋する自分が送った馬鹿馬鹿しいメール。

脅《おど》すような声を出すかと思えば、今度は打ってかわってやさしい口調になる。

「そもそも、いくら罰《ばつ》ゲームだって、男が男に悪ふざけでキスなんかできると思うか?」

朋樹の手の甲に、細野が軽く爪《つめ》を立てる。

「同僚の手前、冗談ぽい態度をとってみせてたけど、俺は志方のこと、結構本気だったんだけど」

尋常《じんじょう》ならざる力で朋樹の手をテーブルに押さえつけたまま、細野は椅子に顎《あご》をしゃくった。

「忙しいふりしてないで、とりあえず座ったら？」

朋樹は操られるように椅子に腰を落とした。

「五年前のことは謝る。だから、やり直さないか？」

信じられないことをもちかけられて、朋樹は思わず身を引いた。

「……俺、悪いけど、今、つきあってる相手がいるから」

その場逃《のが》れの言い訳だと思われそうだが、とにかくこの場を切り抜けなければとしどろもどろに告げると、細野はこともなげに頷いた。

「知ってるよ。長谷川《はせがわ》玲央だろ？　若い女に大人気のモデルだよな」

「え……？」

一瞬、思考が停止する。

細野は思わせぶりな口調で続けた。

「散らかってるから人は通せないとか言いながら、イケメンモデルの彼氏は入り浸《びた》り放題って、どういうことだよ」

もう絶対に自意識過剰なんかじゃない。明らかにストーキングされている。

「彼は、バイトで、俺の仕事の手伝いをしてくれてるだけで……」

「バイトくんと手をつないで往来を歩くわけ？」

さらりと言われて言葉に詰まる。カフェで再会したあの日、やはり見られていたのだ。

「部屋の中ではもっとすごいこともしてるんだろ？」

下卑《げび》た口調にぞっとしたが、挑発にのってはいけないと自分をなだめ、努めて冷静な声を出した。

「そういうくだらない会話がしたいだけなら、帰らせてもらう。俺、本当に忙しいから」

「確かにくだらない話だよな。だけど人気商売っていうのは、そういうくだらないことで躓《つまず》いたりするんじゃないかな」

「……どういう意味だよ」

「帰ったら、家の電源タップを点検した方がいいよ」

「……それって、盗聴とか盗撮《とうさつ》とかそういう話？」

「さあ、どうだろう」

「いつから犯罪者になったんだよ」

細野はにやりと笑った。

「警察に通報する？　俺はいいよ、別に。大した罪《つみ》にもなんないし」

「確実に今の職場にはいられなくなると思うけど」

「それを言ったらそっちはどうなんだよ。まあ、在宅校正に支障はないだろうけど、人気モデルくんにとってホモスキャンダルは結構ダメージでかいんじゃないの？　ネットって便利だよな。あっという間に情報を拡散してくれるんだもんな」

テーブルに押し付けられた手のひらが、冷や汗でぐっしょりと濡れていた。

五年前の不快な記憶が、俄《にわ》かに蘇《よみがえ》ってくる。細野と職場の後輩が、自分の性癖《せいへき》をネタに笑っていたのを立ち聞きしてしまった時の、羞恥《しゅうち》と屈辱《くつじょく》と居たたまれなさ。『キモすぎ』という後輩の声が、耳の中でこだまする。

朋樹が懼《おそ》れるのは、自分が再び同じ羞恥にさらされることではなかった。自分は構わない。あの頃の自分とは違う。玲央を好きな気持ちに偽《いつわ》りはないから、そのことを世間からなんと言われても耐えられる。

けれど、玲央が同じ目に遭《あ》うことは我慢できなかった。あの身も心もきれいな青年を不名誉な立場に追い込みたくなかったし、親に勘当されてまで続けたいと思っている仕事に、自分のせいで傷をつけたくはなかった。

「あ、ごめん。こんな言い方したら、なんだか脅迫《きょうはく》みたいだよな」

細野はまた声を温和なものに変える。

「さっきはデカい口叩いたけど、正直、俺だって警察沙汰《ざた》は勘弁だよ。この不景気に失業したくないし」

細野は朋樹の手を離した。

「俺はただ、おまえと仲直りしたいだけなんだ。いや、恋人がいるのはわかってる。別れろなんて不粋《ぶすい》なことは言わないよ。だけどせめて、昔の職場の同僚として、時々会って楽しく飲むくらいのことはいいだろう」

「……盗聴器をしかけたり、人を脅迫したりする人間と、楽しく飲めると思う?」

「手厳《てきび》しいな。飲み友達も無理って言われたら、俺は自棄《やけ》を起こすしかないよな」

細野は携帯を取り出して、意味ありげな表情で何やら画面を操作し始める。

まさか今この場で、玲央のプライバシーを侵害《しんがい》するような何かを流そうとでもいうのだろうか。

朋樹の顔色が変わったのを確認するようにちらりと視線をよこし、細野はおもねるような笑みを浮かべた。

「月に一、二回飲むくらい、いいだろう? もう家に行ったり、あがらせろってゴネたりしないよ。安心安全な店で世間話をするくらい、つきあってくれよ。もしも俺が不埒《ふらち》な真似をしたら、即刻警察に通報してくれて構わない」

まるで誓《ちか》いの言葉を述べるように、右手を顔の横にあげて言う。

こんな男と金輪際《こんりんざい》顔を合わせたくはなかったが、相手の神経を逆撫《さかな》でしてこの場で玲央の名誉を穢《けが》すような情報をネットに流されたくないという気持ちの方が強かった。

そのまま話の流れで、携番を教えてくれとせがまれる。ためらっていると、

「教えてもらえないと、連絡をとるのにまたいちいち家まで行くしかないんだけど」

そう言われてしまうとどうしようもなく、朋樹は唇を噛んで、渋々携帯を取り出した。


「今日のは口に合いませんか?」

玲央《れお》に気遣《きづか》わしげに訊《たず》ねられて、朋樹《ともき》ははっと顔をあげた。向かいの席の玲央と目が合い、慌ててカレーを口に運ぶ。

「いや、おいしいよ。牛肉がすごく柔《やわ》らかくて」

「それ、豚肉です」

「え、あ、ホントだ。ごめん」

玲央が作ってくれた食事を上の空で食べていたことが急に申し訳なくなって、朋樹は床の上に正座で座りなおした。

「ホントに、すごくおいしいです。いつもありがとう」

「どういたしまして」

玲央はにこにこ笑いながら、軽く首を傾ける。

「志方《しかた》さん、最近ぼーっとしてること多いけど、何かありました？」

「……いや、ほら、新しい連載のことでやっぱ色々緊張するっていうか」

「そうか。やっぱり新連載って色々大変なんですね。最近、打ち合わせの回数も増えたし」

「うん、まあね」

笑い返しながらも、頬のあたりがひきつる感じがした。

ここ十日ほどの間に三回「打ち合わせ」と称して朋樹は夜に外出している。そのうち本当の打ち合わせは一回だけ。残りの二回は細野《ほその》からの誘いだった。

あの日、帰宅後朋樹は家じゅうの電源タップをドライバーで分解して中を調べた。途中で玲央がやってきて怪訝《けげん》な顔をされ、ごまかすのにひと汗かいたが、ひとまず盗聴器の類《たぐい》は見つからなかった。それでもまだ、他の場所に取り付けられている可能性もあるのではないかと、自分の部屋にいても落ち着かない気分だった。

細野の誘いに応じているのは、なんとか懐柔《かいじゅう》して、玲央に対しておかしな気を起こさないように説得するためだ。

最初の約束通り、軽く飲んで食事をするだけで、細野は朋樹を解放してくれている。会話も基本的にはごく普通の昔の同僚的なものだ。だが、時々会話の中に下卑《げび》た台詞《セリフ》を混ぜてきたり、テーブルの上におかれた朋樹の手に触れてきたりする。それがたまらなく不快だった。

　こんなことを続けていても不毛なのはわかっていたが、少なくとも細野の機嫌をとっているうちは、玲央の名誉を傷つけられる事態にはならないはずだ。最悪の事態を少しでも先延ばしにしたくて、朋樹は細野の誘いを無下《むげ》にできずにいた。

「新連載、うまくいくといいですね。俺もできる限りの協力をしますよ」

　玲央の澄んだ瞳に、胸がきゅっと痛んで、泣きたくなる。

　目を伏せながら、朋樹はぼそっと言った。

「そろそろ、本気でアシスタントを探そうかな」

「え？　それどういうこと？　やっぱ俺じゃ力不足ですか？」

「そうじゃなくて、長谷川《はせがわ》くんには自分の好きなことにもっと力を注いで欲しいなって思って」

　それも本当だが、玲央がここに来る回数を少しでも減らしたいというのが一番の理由だ。もしかしたら今も細野にストーキングされている可能性がある。

「志方さん、ホントに優しいですね」

「……そんなことないよ」

「もちろん仕事も頑張るし、まあ、漫画に関しては俺は素人《しろうと》だから、志方さんがプロのアシさんを使いたいって言うなら何も言えないけど、食事係は誰にも譲《ゆず》りませんよ」

　きっぱり言い切られて、胸が熱くなる。

何があっても玲央に禍いが及ぶような事態だけは避けなくてはと改めて思う。

「そういえば、長谷川くんはなんでモデルの仕事を始めたの?」

「しつこくて申し訳ないけど、『玲央』でお願いします」

いたずらっぽい顔で訂正を入れてから、玲央はちょっと思い出す顔になった。

「きっかけはスカウトです。高二のときに学校帰りに今の事務所の人に声をかけられて」

「スカウトって現実にあるんだね」

モデルや芸能人がその世界に入るきっかけとしてはよく聞くが、本当にスカウトされた人間に会うのは初めてなので、つい間抜けなことを言ってしまう。

「でしょ? 俺も最初びっくりしたし、超胡散臭《ちょううさんくさ》いなって。それに、正直、俺の中でモデルってあんまりいいイメージなかったんです。なんかチャラチャラして、軽薄そうな感じだとか、失礼な先入観を持ってました」

「それなのに、なんでやってみようって思ったの?」

玲央はちょっと気まずそうな顔をした。

「子供っぽいって思われそうだけど、最初は父親への反抗心っていうか。うち、親がそこそこ大きな商売してるんです。俺はまあ、その後継ぎってことで、今の大学だって、幼稚舎《ようちしゃ》からのもちあがりだし、塾とか習い事もすべて親の意向で、型にはめられて育ってきたんですよね」

「生粋《きっすい》のお坊ちゃまだね」

「……バカにしてますよね」

「え、なんで？　俺はきみのそういうところ、すごく好きだよ」

しつけのいい大型犬みたいで、とはさすがに言えないが。

「まあ、がんじがらめってわけでもなくて、好きなこともさせてもらってきたけど、結局すべては父親の手のひらの上で転がされてる感じで。高二の時は、そういう不満がピークだった。まあ、反抗期っていうのもあったんでしょうね。わざと親が眉《まゆ》をひそめるようなことをやってみたいっていう」

「それでその事務所に？」

「うん。そんな舐《な》めた動機で入って、すぐにガツンとやられました。外から見てるのとは全然違う厳《きび》しい世界なんですよ。レッスンとか、ハンパないし、姿勢の悪さとか、歩き方とか、すげー怒られて。オーディションも落ちまくりでした。自分がいかに何もできないガキか、思い知らされましたよ」

あははと玲央は陽気に笑う。

「でね、初仕事が、小さい通販会社の春夏物の広告写真だったんだけど、一月のすっげー寒い日に、海辺で半そで一枚で波と戯《たわむ》れるとか、嘘だろって感じで。モデルって、俺が考えてたようなチャラチャラしたイメージとは全然違うって思いました」

真夏にこっそり盗み見た玲央の撮影《さつえい》のことを思い出す。炎天下《えんてんか》、冬物のコートを着て堂に入ったクールな微笑を浮かべていた玲央の姿に思わず見惚《みと》れた。そんな玲央も、初めての撮影の時には笑顔をひきつらせていたのかと思うと、微笑《ほほえ》ましく愛《いと》おしかった。

「それから半年くらいたって、代理店の人から事務所を通して連絡をもらったんです。俺が真冬に震えながら着たシャツが、完売したって。小さいメーカーだったから完売っていっても大した枚数じゃなかったと思うけど、社長さんがすごく喜んでくれて、またあのモデルに頼みたいって。俺、泣きそうになりました」

玲央は当時のことを思い出すように、照れたような表情になった。

「事務所の人は『着映《きば》え』って言ってくれたけど、自分が着た服が誰かの目に留まって、欲しいって思ってもらえたのがすごく嬉しくて」

「なんかすごくわかる」

自分のことのように感動しながら、朋樹は頷いた。

朋樹も、初掲載された自分の漫画に感想をもらったとき、同じような感慨《かんがい》を抱《いだ》いたことを今《いま》更《さら》ながら思い出す。とはいえ当時は厭世的《えんせいてき》になっていたうえ、元々のネガティブな性格も手伝って、「嬉しがるほどのことじゃない」と斜《しゃ》に構えて自分を押し殺してしまった記憶がある。

だからこそ、素直に感動を表す玲央の若さと純粋《じゅんすい》さを、朋樹はひどく好ましく思った。

「人気のあるモデルさんって、芸能界で活躍《かつやく》する人が多いけど、長谷……玲央もいずれはって思ってるの？」

「あ、それはないです」

玲央はあっさり首を振った。

「俺が見て欲しいのは、自分じゃなくて商品だから。いずれっていうなら、広告代理店とか、事務所のスタッフとか、そういう方向に行きたいです」

「そうなんだ。ちょっともったいない気もするけど。せっかくそんな完璧《かんぺき》に綺麗《きれい》な容姿をもってるのに」

「志方さんに綺麗とか言われると照れるな」

そう言いながら、玲央はテーブルをずずっと横に押しやり、身を乗り出してきた。

「デザート、いただいてもいいですか?」

いたずらっぽく囁《ささや》いて、朋樹のうなじに手をのばしてくる。

甘い痛みに胸がよじれ、頬が熱くなる。

くちづけを待ち受けて目を閉じた瞬間、けたたましく携帯が鳴りだした。

朋樹はびくっと身を震わせ、慌てて目を開けた。

「ご、ごめん」

玲央に謝り、テーブルの端の携帯に手を伸ばす。ディスプレイに細野の名前が光っているのを見て、今の今まで朋樹を満たしていた幸福な気持ちはあっという間にしぼんでいく。

「誰?」

細野

朋樹の顔色の変化に気付いてか、玲央がやや怪訝そうに訊ねてきた。

「……仕事先」

朋樹がぼそっと告げると、玲央は失笑をもらした。

「そうか。大変だけど、頑張って。俺、あっちで皿を洗っちゃいますね」

「いつもごめんね」

片手で拝む仕草をして、朋樹は玲央から逃げるように玄関の方に移動して通話ボタンを押した。

『お楽しみのところ、悪いな』

開口一番、茶化すような口調で細野が言った。その台詞《セリフ》から、やはり室内を覗《のぞ》かれているのではないかとゾッとして、朋樹は怯《おび》えた目であたりを見回した。

『明日、飲みに行かないか?』

憂鬱《ゆううつ》がどっと肩にのしかかってくる。

月に一、二回と言っていたくせに、この十日でもう三度目の誘いだ。

『いやならいいけど、』

押し黙る朋樹に、細野が含《ふく》みのある声で言った。『けど』のあとに続く脅迫《きょうはく》めいた空気に、朋樹は重いため息をつく。

今さっき、目を輝かせて仕事への情熱を語ってくれた玲央のことを思うと、なんとしてでも玲央の迷惑になることだけは避けたかった。

朋樹が誘いに応じる返事をすると、細野はそれ以上会話を長引かせることなく、機嫌のいい声で時間と場所を告げて通話を終えた。

室内に戻ると、玲央がコーヒーの入ったマグカップ二つを持ってきて、テーブルに置いた。

「浮かない顔ですね」

探るような目で訊ねられ、朋樹は慌てて笑顔を取《と》り繕《つくろ》った。

「……うん、またちょっとすり合わせが必要なところが出てきて、明日の夜、打ち合わせだって」

「大変だね」

玲央は朋樹の背後に回ると、優しく肩を揉《も》んでくれた。

「うわっ、ガチガチ。少しリラックスした方がいいですよ」

「うん。……ありがとう」

優しい恋人に嘘をついていることに、罪悪感《ざいあくかん》がこみあげてくる。いっそ、本当のことを言ってしまった方がいいのではないかと、心は揺れる。

打ち明ければきっと、玲央は細野に憤慨《ふんがい》して、ヒーローのように打ちのめしてくれるかもしれない。玲央の性格ならきっと、男の恋人がいることが世間に露呈《ろてい》してもまったく気にしないと言ってくれるだろう。

だからこそ、やっぱり言えない。守られるべきは朋樹ではなく、玲央の立場であり名誉なのだ。生まれて初めて心から愛《いと》おしいと思った相手を、みすみすスキャンダルの餌食《えじき》になどできない。

やさしく肩を揉みほぐしていた玲央の手が、背後から朋樹を抱き締めるように前に回された。

「さっきの続き、いいですか?」

低く男らしい声で、甘くねだってくる。

耳に、うなじに、首筋に、キスの雨を降らせながら、大きな手のひらが背後から朋樹の身体に触れてくる。

好きだと思えば思うほど、朋樹の心は委縮《いしゅく》していく。玲央に嘘をついている罪悪感《ざいあくかん》。細野との一件の着地点が見いだせない不安。しかも、今この瞬間も、部屋の中を盗撮《とうさつ》なり盗聴なりされているかもしれないのだ。

「……相当お疲れみたいですね」

やがて、いつになく反応の悪い朋樹の身体を探るのを諦《あきら》めた様子で、玲央が苦笑交じりに呟いた。

「……ごめん」

「謝ることないのに。誰だってそういうことってありますよ。まあでも、俺の場合、疲れると逆に漲《みなぎ》っちゃうことあるけど」

朋樹の沈《しず》んだトーンを浮き立たせるように、玲央がおどけた調子で言う。

朋樹は玲央の腕の中で、くるりと向き合うように身体を入れ替えた。

せめて玲央だけでも気持ち良くしてあげたいと、デニムの前立てに手を伸ばすと、

「ぎゃー、エッチ！」

意図を察したらしい玲央がふざけた声をあげて朋樹の手を引き剝《ひは》がし、そのまま正面からぎゅっと抱きしめてきた。

「疲れてるのに、そんなことしなくていいです」

「でも、きみだけでも……」

「今日のところはこうしてるだけでいいです」

一回りも年下とは思えない包容力と優しさに、涙が出そうになって、朋樹はぐっと唇を噛んだ。

しばらく無言でぎゅっと抱きしめたあと、玲央は朋樹の肩に手をのせて少し身体を離し、視線を合わせてきた。

「仕事、本当に大変そうですね。大丈夫？」

まっすぐに目を見て労《いた》わるように言われ、後ろめたさでつい視線が泳ぐ。

「大丈夫、じきに落ち着くから」

「俺に手伝えることがあったら、なんでも言ってくださいね。仕事のことでも、それ以外のこ

とでも」

「うん、ありがとう。これじゃどっちが年上かわからないね」

玲央の真摯《しんし》な瞳が痛くて、わざと茶化すように言うと、

「志方さん」

玲央が静かな声で、朋樹を呼んだ。

「なに？」

「俺のこと、好き？」

正面切ってストレートに問われ、顔がかっと熱くなる。

何言ってるのと笑ってはぐらかそうかと思ったが、思い詰めたような真剣な瞳に魅入《みい》られて、気が付いたら言葉が滑《すべ》り出《で》ていた。

「好きだよ。大好き」

面と向かって今更こんなことを言うのは恥ずかしかったが、偽《いつわ》りのない本心だから、今度は視線が泳ぐこともなかった。メガネの奥の瞳に、ありったけの想いを込める。

「ありがとうございます。すっげー嬉しい」

玲央は美しい白い歯を見せて満足そうに笑い、もう一度朋樹をぎゅっと抱き寄せた。

朋樹も負けないくらいの強い力で、玲央をぎゅっと抱きしめ返した。

玲央《れお》についた嘘を少しでも薄めたくて、翌日の夕刻、細野《ほその》との待ち合わせ前に朋樹《ともき》は編集部に立ち寄った。簡易の応接スペースでコーヒーを出してくれた泉美《いずみ》に、できあがった分のモノクロ原稿と、通りすがりに立ち寄った果物屋《くだものや》の紙袋を手渡す。

「なに？」

泉美は朋樹と紙袋を怪訝《けげん》そうに見比べた。

「富有柿《ふゆうがき》。前に言ってただろ、果物の中で柿がいちばん好きだって。ちょうど通りすがりに見かけたから」

「覚えててくれたの？」

泉美は目を見開いた。

「志方《しかた》くんにいただきものするなんて、初めて。嵐でも来るんじゃないの？」

泉美は芝居がかった仕草で窓の外に視線を送る。ガラスの向こうはもうほぼ暮れていたが、澄んだ秋の夕焼けがまだ微《かす》かに残っている。

泉美の言う通り、朋樹は物のやりとりがあまり得意ではなかった。接待も受けないかわりに、こちらからも物を贈《おく》ったりはしない。とりいったり、とりいられたり、という雰囲気《ふんいき》が苦手だった。

だが通りで柿を見かけたら、なんとなく泉美の顔が浮かんで、深く考えるまでもなく買っていた。

「うわ、大きいね。どうもありがとうございます」

クラフト紙の袋の中を覗《のぞ》き込《こ》んで、泉美が顔をほころばせる。

「こっちこそ、いつもありがとう」

朋樹がぼそっと言うと、泉美は再び怪訝そうな表情になった。

「……ちょっとどうしたのよ。変なものでも食べた?」

「別にどうもしないけど、改めてちゃんと言ったことがなかったなと思って。こうやって漫画で食えてるのも、安原《やすはら》がしつこく声をかけてくれたおかげだし」

「しつこくて悪かったわね」

「感謝してるんだよ。安原が尻《しり》を叩き続けてくれなかったら、今はないわけだし」

「ひどい鬼編集みたいじゃないの」

口を尖《とが》らせながらも、泉美は楽しげに笑ってくれた。

朋樹は原稿を落とすような不義理は一度もしたことがなかったから、そういう意味では担当漫画家として手のかからない方だと思う。けれど「ほかにすることがないから仕方なくやっている」的なスタンスで仕事をしてきたその態度に関しては、最近少し反省している。それは多分に玲央の影響だった。玲央の明るく素直な生き方に、朋樹は少しずつ感化されてきていた。

「ホント、色々ありがとう」

「ちょっと待ってよ、そんなに言われると今生《こんじょう》のお別れみたいじゃないの。この足で窓から飛び降りたりしないでよ？　新連載が始まる大事な時なんだから」

「しないよ、そんな痛そうなこと」

笑って返しながら、しかしこの後細野に会うのだと思うと、いっそ飛び降りたくなるような鬱々《うつうつ》とした気分になる。

「あ、ちょっと待って」

立ち去りかけた朋樹を呼び止め、泉美が原稿の封筒をもう一度検《あらた》めた。

「カット原稿は？」

「カット？」

「予告カット二点、今日もらうはずだったでしょう」

「あ、忘れてた」

「志方くんがスケジュール忘れるなんて珍しいね。あれ、ちょっと急いでるんだけど、柿に絆《ほだ》されて明日でいいことにするわ。って言ってもお昼が限度だから、バイク便、手配しておくね」

「わかった。今夜中に描いておくから」

約束して編集部をあとにする。

締切を忘れていた自分に呆《あき》れつつ、すぐにもっと大きな憂鬱《ゆううつ》が脳裏《のうり》を占める。

いつまでもただ細野に呼び出されるままに会っていても埒《らち》があかない。今日こそ、何か打開策を見出《みいだ》さなくては。

重い足取りで向かった待ち合わせ場所には、すでに細野が待ち構えていた。

連れて行かれたのは、繁華街《はんかがい》から一本奥に入った細い通りに面したビルの、地下のバーだった。通りに看板《かんばん》もなく、誰かの案内でもなければ行きつけないような、隠れ家《が》的な店だった。

入口の狭《せま》さに反して、店内は思ったよりも奥行きがあり、七八割の客の入りだった。

奥のテーブル席へと案内されながら、今まで行ったような店とは雰囲気が違うことに気付く。恐らく、同類の集《つど》う類《たぐい》の店だ。

「今日は参ったよ。朝の定例の会議からいきなりさ、」

ご機嫌な様子で仕事の愚痴《ぐち》だか自慢だかを始める細野にひとしきり相槌《あいづち》をうったあと、朋樹はぼそっと切り出した。

「あのさ、俺なんかと飲んで、楽しい？」

細野は眉《まゆ》をあげて、朋樹を見た。

「楽しいから誘ってるんだけど。……まあ、そっちが嫌々なのは知ってるけどな」

「……どうすれば気が済む？」

朋樹が訊《たず》ねると、細野は皮肉っぽい笑みを浮かべた。

「心外だなぁ、その被害者面《づら》。最初に言ったよな。どうするもこうするも、俺は志方とやり直したいんだよ。だけどおまえには今恋人がいるっていうから、譲歩《じょうほ》して、飲み友達に甘んじてるんだ」

細野はテーブルの上の朋樹の手を、やや乱暴に摑《つか》んでひきよせた。

「その気になればこっちはおまえを力ずくで犯《おか》すくらいのこと、容易《たやす》いのに、こんなところで酒を飲むだけで我慢してる。この紳士ぶりを感謝されこそすれ、そんなイヤそうな顔で見られる筋合いはないんだけど」

細野が剣呑《けんのん》な言葉を並べ立てている間にも、朋樹の背後のカウンターと、手前のテーブル席に新規の客が案内されてくるのが視界の端をかすめる。店の性質上、幸か不幸か男にセクハラまがいの言動を取られていても誰もさして気にしていないようだった。

「……飲むだけって言っても、こんなに立て続けに呼び出されるのは困る。仕事だってあるし」

「また空々しい逃げ口上だな。フルタイムで働いてる俺だって飲む時間くらいあるのに、在宅校正だかなんだかで、そこまで時間のやりくりつかないってことがあるかよ。単に俺に会いたくないだけだろ」

「…………」

「まあ、いいけど。そこまで嫌がられたら、こっちだって無理強《じ》いできないし。……腹いせに醜聞《しゅうぶん》を撒《ま》き散《ち》らされるあいつは気の毒だよな」

細野は意味ありげな顔で、携帯を取り出した。

卑怯《ひきょう》な脅《おど》し文句に、みぞおちのあたりがぎゅっとなる。

玲央が写り込んだ盗撮《とうさつ》画像などを流されたらひとたまりもない。

「ちょっと待てよ」

朋樹は慌てて細野の携帯に手をのばした。

「玲央を巻き込むな」

「『玲央』ときたか。お堅《かた》い志方が名前呼びするほど親密なんだな」

「…………」

「そのラブラブな彼氏と、ずっとつきあっていこうとか思ってるわけ？」

細野は携帯をもてあそびながら言う。

「ということは、俺がばらまくまでもなく、いずれは世間に露呈《ろてい》するよな。おまえは俺の呼び出しに応じることで、身体を張ってあいつをスキャンダルから守ってるつもりかもしれないけど、そもそもおまえがスキャンダルのもとなんだってわかってる？　おまえとつきあってる限り、あいつは常に身辺に不安を抱《かか》えてるってことだ」

言い返せずに、朋樹は唇を噛んだ。

「彼氏の将来を考えるなら、別れるのが賢明なんじゃないの？　それが年長者の気遣《きづか》いっててもんだろう」

優しくさえ聞こえるような声音でたしなめてくる。

「それにしても、あんなイケメンモデルをどうやって咥《くわ》えこんだわけ？　金でつなぎとめてるってわけでもなさそうだしさ。何か特別なテクニックでも持ってるとか？」

そう言ってから、細野は自分の思いつきが気に入った様子で、底意地の悪い顔で身を乗り出してきた。

「どんなテクニックであいつを籠絡《ろうらく》したんだよ？　そのつんとすました唇で上手《じょうず》におしゃぶりしたりしちゃうわけ？」

下種《げす》の勘繰りに吐《は》き気《け》がしたが、朋樹が嫌悪をあらわにすればするほど細野は嗜虐心《しぎゃくしん》を刺激される様子で、畳《たた》みかけてくる。

「あいつとどんなことやってるのか、教えてよ。あんなお綺麗《きれい》なツラして、おまえのケツを犯しながらアヘアヘいったりするのか？」

爪《つめ》が食い込むほど握《にぎ》りしめた手が、怒りで震えた。

自分を貶《おとし》められることは我慢できても、玲央を穢《けが》されることは耐えがたかった。自分のせいで玲央がこんなふうに言われているのだと思うと、悔《くや》しさと憤《いきどお》ろしさで目の奥がかっと熱くなってくる。

「そうなんです。めちゃくちゃアヘアヘいっちゃってるんですよね」

不意に背後から聞き慣れた声がした。

心臓が激しく躍りだし、口から飛び出しそうになる。

怖々振り向くと、朋樹のすぐ後ろのカウンターに座った玲央が、剣呑《けんのん》な笑顔を見せた。

「相席、いいですか？」

自分のグラスを手に、玲央はあたりまえのような顔で朋樹の隣に腰をおろしてきた。

これ見よがしに長い足を組むと、突然のことに混乱した様子の細野を真正面から見据《みす》えた。

「ええと、どの辺から聞きたいですか？　おしゃぶり上手かどうかってとこ？　そりゃもう、腰が蕩《とろ》けるくらい上手ですよ。逆にね、俺がしゃぶってあげてるときの恥じらいながら感じまくってる表情も、また腰が抜けるくらい色っぽくていいんですよね」

「れ、玲央」

何がなんだかわからないまま、玲央の台詞《セリフ》の過激さに赤面して割って入ると、

「志方さんは黙ってて」

玲央に素《そ》っ気《け》なく遮《さえぎ》られた。

あっけにとられて半口をあけたままの細野に、玲央は涼しい顔で続けた。

「志方さんの色っぽい顔を見てるといつもたまんなくなって、あなたの言う通りケツにぶちこんじゃうわけです。志方さんの中はすごく狭くて絡みついてきて気持ちいいから、我を忘れてアホ顔でアヘアへいって、志方さんがいやだっていっても聞かずに、中にぶっ放しちゃうんで

すよね」

呆然《ぼうぜん》とする細野と朋樹をよそに、玲央は優雅にグラスを呷《あお》り、嫣然《えんぜん》と細野に微笑《ほほえ》みかけた。

「こんな感じで満足してもらえますか？　ほかに聞きたいことがあったら、遠慮《えんりょ》なくどうぞ」

玲央の突然の出現にただただ気圧《けお》されていた細野は、そこでようやく我に返った様子で、気を落ち着けるように咳払《せきばら》いをした。

「きみ、人気モデルなんだろ？　いずれは芸能界入りなんて噂《うわさ》もあるらしいよね。そんな有名人が、一回りも年上の同性とつきあってるなんて、世間に知れたら色々まずいんじゃないの？」

虚勢《きょせい》を張った脅迫《きょうはく》めいた台詞にも玲央は動じたふうもなく、白い歯を見せて笑った。

「ご心配いただいて、ありがとうございます。でも、芸能界入りなんてまったく興味ないし、私生活のことで騒いでもらえるほど大物じゃないですから」

「……そんなことはないだろう」

「いや、マジで。……っていうか、あなたの尺度《しゃくど》であれこれ推測されても困ります。あなたは自分が同性に惹《ひ》かれることを恥じているから、志方さんにネチネチ八つ当たりしたり、そのことが脅しのネタにできるって思ったりするんでしょう？　でも、俺は違いますから」

玲央の手が、さりげなく朋樹の肩に回される。

「俺にとって志方さんとつきあってることは大変な名誉《めいよ》で、隠すどころか逆に世間に見せつけたいくらいなんです」

思わず泣きそうな台詞を言われて戸惑《とまど》っていると、玲央に肩を引き寄せられた。

え、と顔をあげたとたん、唇を塞《ふさ》がれる。

「……………っ！」

ぎょっとして突き放そうとしたが、玲央はものすごい力で朋樹を押さえつけ、念入りに舌まで絡ませてくる。

長いくちづけのあと、玲央は細野に向き直り、美しい顔に凄《すご》みのある微笑を浮かべた。

「写メらなくていいんですか？　もう一回やりましょうか？」

細野はあっけにとられたあと、椅子の背もたれに脱力した。

「……結構だ」

「志方さんが俺のものだってことは、ご理解いただけましたよね」

返事を待たずに玲央は立ちあがった。腕を取られた朋樹も、つられて一緒に立ちあがる。

そのまま玲央にひっぱられて、店の外に出た。

タイミング良く拾えたタクシーに乗り込むと、急に身体中の力が抜けた。

「……きみ、なんでこんなところにいるの」

「つけてたから」

「……え？」

「志方さん、最近明らかに様子がおかしかったから、なにか隠し事があるんだろうなって思って」

その口調と態度から、怒りのオーラがメラメラと伝わってくる。

どうしよう。すごく怒ってる。呆れ果ててもいるようだ。

何か言い訳しようにもタクシーの中ではそれ以上の話もできず、気まずい沈黙が二人を包む。

コーポについて朋樹の部屋に落ち着くと、玲央が静かに訊ねてきた。

「細野って、前の職場の人ですよね。志方さんの退職の原因になったっていう」

「……うん」

「いつから会ってるの？」

「……半月くらい前にばったり会ったんだ」

「で、俺と志方さんの関係に気付いた細野から、俺の名誉を傷つけてやるって脅されて、交際を強要されてたって感じ？」

概《おおむ》ねさっきの店で漏れ聞いていたのだろう。朋樹は観念して頷いた。

「なんで俺に言ってくれなかったの？」

苛立《いらだ》った、責めるような口調で言われて朋樹が身を竦《すく》めると、玲央はやや口調を和《やわ》らげた。

「いや、気持ちはわかるけどさ。志方さん、優しいから、俺に心配かけたくないとか、迷惑かけたくないとか、そういうこと考えてたんでしょう。俺を守るためにしてくれたことだっていうのはわかるけど、やっぱ相談して欲しかった」

もちろん、それも大きな理由ではある。

「年下の俺なんて相談相手にもならない？」

「そうじゃないんだ」

「確かに、俺はまだ学生だし、親に反抗して仕送り止められて、腹減らして行き倒れてるような頼りないガキだけどさ。あんな卑劣《ひれつ》な脅しにさらされてること、打ち明けてもらえないなんて、俺ってそこまで頼りにならないかな」

「違うよ」

朋樹は強く否定した。

「頼りないなんて思ったこともない。歳なんか関係ない。きみのほうが俺よりずっとしっかりしてるし、懐《ふところ》が広いし、優しいし、俺なんかにはもったいないくらいだって、いつも、いつも思ってて……」

朋樹は震える声で吐《は》き出《だ》した。

「きみを守りたかった。それは本当で、本当だけどでも嘘で、本当の本当は、自分を守りたかった」

混乱した言い分に玲央が怪訝そうに眉を寄せた。

「どういう意味？」

「きみに嫌われるのが怖かった。ひかれたくなかった」

「なんで俺が志方さんを嫌いになるの？」

「……今は、きみと俺はこういう関係になってるけど、きみは元々女の子と普通につきあってたんだよね。この間、きみの友達にも、きみがどんなに女の子たちからもてるか聞かされたばっかりだし」

「それは仕事柄《がら》、不必要に注目されることはあるけど、俺は志方さんしか見てないよ」

「……でも、男しか好きになれない俺とは違う。……細野は、俺の性癖《せいへき》の象徴《しょうちょう》みたいな存在だから、きみの前で彼の話をしたくなかった。色々生々《なまなま》しくて、イヤな気持ちになるかもしれないって」

「そんなことで、俺の気持ちがさめると思う？」

「……好きすぎて、いろんなことが怖いんだ。ひかれるのも怖いし、逆に脅されてることを知ったら、きみは自分の名誉が傷ついても、俺を守ってくれるかもしれないって思って、それも怖かった。自分のせいで、きみが情熱を傾けてる仕事に影響が出たらって思うと……」

「あーっ、もう！」

いきなり玲央がテーブルを叩いたので、朋樹はびっくりして竦み上がった。知り合ってから今までで、玲央がそんな手荒《てあら》なことをしたのは初めてだった。

「もうやめよう、こういうの」

怖い声で言われて、ついに別れを切り出されたのだと、頭から血の気が引いた。

「志方さん、俺のこと変に美化しすぎ。しっかりしてるとか、懐が広いとか言ってもらったのにアレだけど、俺、所詮二十歳《しょせんはたち》のガキだから。さっきだって立ち去り際にあの男に『バーカ！ザマミロ！　腐れチンコ』って罵《ののし》りたいのを必死で我慢してたし、我慢っていえば最近志方さんがエッチさせてくれないのもホントはすごく辛《つら》かったけど、あんまりガツガツすると子供っぽいって思われそうだから我慢してたんだ」

玲央は吐き出すように喋《しゃべ》り出《だ》した。

「最近様子がおかしいのだって、すっげー気になってて、問い詰めて吐かせたいのを必死で耐えてたんですよ。俺のことを好きって言ってくれたときの目に嘘はなかったから、それ信じて、いつか心配ごとを打ち明けてくれるって思ってたのに」

玲央は両手でぐるぐると自分の髪をかきまわした。

「くっそー、もう我慢なんかするかよ。ガキだと思われてもいいから、俺は思ったことを言いますよ。二度と俺に隠れてあのクソ野郎と会うなよ」

身を乗り出して怖い声で言う玲央に、朋樹は気圧《けお》されてがくがく頷いた。

「それから、勝手にぐるぐる考えるのもやめてください」

「自分でもやめたいんだけど、それは性格上の問題で……」

「じゃあ、俺がどれくらい志方さんのことを好きか、思い知らせてあげるよ。もうぐるぐる無駄なことを考えられなくなるくらいに」

そう言って玲央は朋樹を押し倒してきた。

「玲……っ、んっ……」

噛みつくようなキスに釘《くぎ》づけにされている間に、玲央は朋樹のシャツをむしりとるような勢いではぎ取って行く。

「あいつに、なにかされてない？」

「……っ、ない」

「指一本触らせてない？」

「ゆ、指くらいは……痛っ！」

言ったとたん、いきなり左手の小指に噛みつかれた。

「痛いって、あっ、ちょっと、」

玲央はすべての指を順番に口に含んで歯を立てていく。

そのまま手のひらにも、腕にも、うっすら歯型が付くほどの痛い愛撫《あいぶ》をくわえていく。

痛がって朋樹が身をよじると、玲央はその身体を易々《やすやす》と引き戻しながら、威圧的《いあってき》な声で言った。

「俺に隠しごとをしていた罰《ばつ》です」

腕の付け根や、首筋や、胸は、噛みつかれこそしなかったものの、痺《しび》れがくるほど強く吸われて、血の色の烙印《らくいん》が次々と押されていく。

育ちのいい年下の青年が、その人懐こく温和なマスクの下に隠していた牙《きば》を知る。それは少し怖くて、ひどく朋樹を昂《たかぶ》らせた。

下へ下へとすべっていく唇は、やがて朋樹のデニムに行きつく。ファスナーの金具を歯で咥《くわ》えられた時には、全身がかっと熱くなった。

ずるりと下肢《かし》を剝《む》き出《だ》しにされ、感じやすい場所を何度か扱《しご》かれたあと、いきなり口に含まれる。

それまでの荒々しい愛撫からして食いちぎられるのではないかと一瞬本気で怯《おび》えたが、玲央はいつにも増した優しさと丁寧《ていねい》さで舌を絡めてきた。

その執拗《しつよう》なまでの丁寧さが、逆に朋樹を甘く苛《さいな》んだ。

「やっ……もう、やだっ、……あっ、」

身をよじってずりあがろうとすると、易々《やすやす》と腰を摑んで引き戻される。蕩《とろ》かすように舐《な》めしゃぶられ、舌先で先端をこじられ、唇の輪で締めつけられると、腰が浮き上がってがくがくと揺れた。

「もう、やめてよ、やだ、それ、」

「なんで?」

唇をふれさせたまま、玲央が喋る、その刺激にすらひくひくと下肢が揺れる。

「もう、イっちゃうから」

「いいよ、イって。何度でもイかせてあげるから」

わざとのように濡れた音を立てて吸われて、朋樹の口からは耳を覆《おお》いたくなるような喘《あえ》ぎ声《ごえ》が続けざまに零《こぼ》れ出《で》る。

「あっあっ……んっ……っ」

我慢できずにあっけなく玲央の口の中に放ってしまう。

「はぁっ……やだ、もう、」

放出したばかりで敏感になっているものを、それでも玲央は離さずに、最後の一滴まで吸いつくそうというように、舌でしめ上げてくる。

「もう、やめて……」

涙声で懇願《こんがん》して玲央の頭を両手で引《ひ》き剝《は》がそうとするが、快楽に痺《しび》れた腕にはなかなか力が入らない。

やがて、玲央がゆっくりとその部分から唇を離した。

ホッと息をついたのも束《つか》の間、朋樹の下肢に絡んでいたジーンズを乱暴に抜き去った玲央は、朋樹の脚を蛙《かえる》のように折り畳んで腰を浮かせ、先程よりもっと奥の部分に唇を寄せてきた。

「やっ、やめろよ、バカ!」

朋樹は思わず声を裏返して叫んでいた。

玲央とは何度も身体を重ねているが、そんなところに唇をふれさせたことは一度もなかった。

いくら好きな相手でも、逆に好きな相手だからこそ尚更《なおさら》、強い抵抗と羞恥《しゅうち》がある。

今度こそ必死の力で玲央の頭を押しのけようとすると、その手を強く摑まれた。

「俺とつながる場所だから、今日は俺が濡らしてあげる」

官能に掠《かす》れた低い声で囁《ささや》かれて、身体中が朱に染まる。

「そんなこと、しなくていいから」

「しなくていいとか悪いとか、今日は志方さんには決める権限ないから」

「け、権限って……」

「手、邪魔だから大人しくしてて。それとも邪魔できないように縛《しば》られたい？　最初に俺がされたみたいに」

いきなり恥ずかしい記憶を蒸し返されて硬直している間に、玲央は奥のすぼまりに唇を寄せてきた。

「あっ……ちょっ……や……っ」

自在に動く舌先が、たっぷりの唾液《だえき》をまとって入口を濡らしていくのがわかる。

恥ずかしさと居たたまれなさで、目じりを涙が焼く。

大好きな相手に、しかも女の子たちに黄色い悲鳴をあげさせるような美しい男に、こんなことをさせているのだと思うと、羞恥で気絶しそうになる。

けれど、ぬめぬめとそこを濡らされ、指と舌とで念入りに解《ほぐ》され愛されると、どうしようもなく身悶《みもだ》えするような快感がわき上がってくる。

いやだいやだと、うわごとのように口走りながらも、下肢はとろとろに溶かされ、甘い痺れが全身に波紋《はもん》のようにきゅんきゅんと伝わって、折り畳まれた脚の爪先《つまさき》にぎゅっと力が入る。

「ここ、気持ちいいの？」

唾液にまみれた玲央の指が、内壁をゆるゆると撫でさすってくる。

「や、そこやめろよ、ばか、あっあ……っ」

感じすぎて半泣きになりながら声を裏返す。

「ダメだよ。志方さんは俺にそうやって隠し事ばっかりするんだから。俺は志方さんの言うことより、こっちを信用しますよ」

こっち、と玲央が舌を触れさせたのは、再び芯《しん》を持ち始めていた朋樹のものだった。

そのまま内から外からドロドロになるほど舐めなぶられて、朋樹は背筋を震わせながら二度目の頂点を極《きわ》めさせられる。

「やっ……ん、んっ、あ……っ」

激しく息を喘がせ、放心状態で朋樹が脱力している間に、玲央は自分の服を脱《ぬ》ぎ棄《す》て、再び朋樹に覆いかぶさってきた。

また蛙のような姿勢を取らされたが、甘く溶かされた朋樹の身体は、従順にされるがままになる。

すでに十分張《みなぎ》ったものが、すぼまりにあてがわれる。

「あ……んっ、ん、や……」

どれほどほぐされていても、玲央の硬く張り詰めた大きなものを飲みこまされる時には、押し開かれるような抵抗感がある。けれど、そのひきつれるような苦しい感覚さえも、朋樹の身体と心をじんと甘く痺《しび》れさせる。

慎重《しんちょう》に身体を進めていた玲央は、ひとたび朋樹の中に落ち着くと、いきなり感じる場所をじわっとつきあげてきた。

朋樹はひどく淫《みだ》らな声をあげてしまい、両腕を交差するようにして顔を覆う。

「やだ、それ、あっ…あっ、」

「やじゃないでしょ？　ほら、ここ」

「やっ、やめろって、あ、あ、」

「やめないよ。だって志方さんの身体は、ちゃんと気持ちいいっていってるもん。ほら、ちゃんと顔みせて」

両腕を顔から引き剝がされて床に押さえつけられ、朋樹は血の気ののぼりきった顔で、恨《うら》みがましく玲央を見上げる。

「……っ、今日のきみは、なんで、そんな……」

「いじわる？　わがまま？」

ありとあらゆる本を読もうとした。そのときだった。

「んっ、やっ」

内壁の微妙なポイントを猛《たけ》ったものでこすりたてられて、朋樹は背筋をのけぞらす。

「そうだよ、俺は年下のガキだから、わがままなんです。だからこうやって好きな人にいっぱいいやらしいことして、泣かせたくなる」

「あっ、やだ、そこ、もう……んっ」

「わがままだから、嘘をつかれるのも許せないし、ヘンな気を遣われるのも我慢できない。勝手にぐるぐる変なこと考えて、俺から逃げようなんて思ったって、絶対に逃がしませんから」

「逃……げる、とか……、きみと、離れることなんて、考えたことない」

少し強引なくらいに責めたてられて、甘ったるく喘がされながら、朋樹は必死で玲央の首にしがみついた。

「きみに嫌われたくなかったから、細野のこと、言えなかった。別れたくなさすぎて、こんなややこしいことになって……きみが、好きすぎて、あっ、だめ、それ、もうっ、またイっちゃうから……っ」

言葉も呂律《ろれつ》も怪しい口調で訴《うった》えるうちに、玲央の動きが激しくなって、朋樹はその背に爪をたてて動きを封じようとする。

玲央は微妙に角度を変えながら、朋樹を自在に煽《あお》ってくる。

「好きって、もう一回言って」

「……好き、好きだよ、大好き、あ、あ……んっ」

「俺も、大好きだよ。だから、これからは絶対隠し事とかしないで、なんでも、ちゃんと俺に言って」

「……っ、言う、からっ」

「俺も、なんでも全部言うよ」

「うん、言って……」

「じゃあ、手始めに、志方さんの中、トロトロで熱くて、うねってて、時々キュウってなって、すっげー気持ちいい」

全身がこれ以上ないくらいかっと熱くなる。

「そ、そんなこと、言わなくていいからっ！」

「え、なんで？　俺は気持ちよかったら気持ちいいって、ちゃんと言って欲しいよ。そうしたら、もっと感じあえて、よくなれるでしょ？」

「あっ、ばか、もう、あっ、あっ」

「ここ、気持ちいいんだね」

「やっ」

「やじゃないでしょ、いいって言って」

迫《せま》られ、なだめすかされ、耳元で言うべき台詞を教えられる。

そんな卑猥《ひわい》なことは言えないと思ったが、甘く責められるうちにとうとう理性が崩壊し、玲央の要求する台詞を掠れた泣き声で囁く。

身体の奥で玲央の質量がひときわ増し、それを朋樹の内側がきゅっと締めつけてしまう。

今まで感じたこともない絶頂の中で、朋樹は悲鳴のような喘ぎ声をあげて、二度目の頂点を極めた。


「志方《しかた》さん、腰、大丈夫？　俺の部屋からクッション持ってこようか？」

オロオロしながら仕事机の周囲をうろつく玲央《れお》を、朋樹《ともき》は決まり悪く横目で見やった。

「……大丈夫だから。今日、講義あるんだろ？　早く行った方がいいよ」

「講義より、志方さんの尻《しり》の方が心配だから」

大真面目《おおまじめ》な顔で尾籠《びろう》な心配をされて、顔がかっかと熱くなる。

昨夜のセックスは、一度で終わりではなかった。一瞬放心していた朋樹が我に返ると、玲央はまた一からやり直しのような丁寧《ていねい》さで朋樹を抱きしめて頭の先から足の指までくまなく愛《め》でて朋樹を昂《たかぶ》らせ、何度となく身体をつなげては喘《あえ》がせた。

日付をまたいで愛し合い、そのまま二人で泥《どろ》のような眠りに落ちて、目を覚ましたらすでに十時過ぎ。朋樹ははっと我に返り、カットの仕事のことを思い出した。昼にはバイク便が来てしまう。

慌てて立ちあがってみたものの、昨夜あまりにも色々な格好をさせられたせいで身体中がぎくしゃくと痛んで、腰に力が入らない。何度もつながり合った場所は、熱をもったように疼《うず》いてひりひりしていた。

そんな朋樹の傍《かたわ》らで、玲央はオロオロとしているのだった。

「俺、昨夜ちょっと乱暴でしつこかったですよね」

玲央が主人にしかられた犬のようにしゅんとして反省の弁を述べる。

「……ちょっとじゃなくて、かなり」

そうされて感じまくり、イきまくってしまった気恥ずかしさから、朋樹はわざとつっけんどんに答えた。

玲央はさらに気遣《きづか》う目になりながら、けれどきっぱりと言った。

「でも、謝りませんよ。志方さんはあれくらいしないとわかんない人だから」

確かに、あれだけされればどれだけバカでも玲央に愛されていることは身をもって実感できる。

脳裏をよぎる昨夜の数々の痴態《ちたい》を思い出すたびズキンと身体のそこかしこが甘く痺《しび》れる。そんな自分が居たたまれず、中腰で原稿用紙にペンを走らせながら、朋樹は淡々とした口調で訊《たず》ねた。

「きみは身体は大丈夫?」

受け身の朋樹がこれだけへろへろなのだから、積極的に動いた玲央はもっと疲れているのではないだろうか。

「俺は全然。むしろいつもより元気なくらいです」

玲央はケロリと言って腕をぐるぐる回してみせた。

これは体力差なのか、年齢差なのか。近い将来、玲央にやり殺されるかもしれない、などと冗談交じりに思いつつ、しかしそう思ったことにさえキュンとしている自分にますます居たたまれなくなる。

動揺《どうよう》をごまかそうとトレス台のコンセントを電源タップに差し込もうとして、突然はっと我に返る。

「あ……」

急に顔色を変えて変な声をあげた朋樹を、玲央が怪訝《けげん》そうに覗《のぞ》き込《こ》んでくる。

「どうしたんですか?」

「あ……、いや、なんでもない」

「なんでもない、じゃないですよ。昨日、隠し事はしないって約束しましたよね」

真摯《しんし》な顔で言われて、その約束をさせられた時の状況を思い出し、朋樹はかっかと顔をほてらせる。

「それとも、もう一度思い知らせてあげましょうか?」

「いいっ、もういいから。……あのね、昨日のこと、その、盗撮《とうさつ》されてるかもしれない」

「盗撮?」

「とか盗聴とか……」

「もしかして、細野《ほその》さん?」

朋樹は小さく頷いてみせた。

「それはないでしょう」

玲央はきっぱりと言った。

「え、なんで?」

「だって、あの人、志方さんの職業を知らなかったでしょう。在宅校正とかなんとか、変なこと言ってなかった?」

「ああ、なんか勝手に誤解してたみたい」

「あの人の姑息《こそく》でビビりな性格からして、人を使って盗聴器をしかけるとか無理そうだから、やったとしたら自分で忍び込んだことになるけど、この部屋に入れば職業なんて一目でわかるじゃん」

朋樹は自分のデスク周りを見回した。言われてみれば確かにそうだ。

「それでこの間、電源タップを分解してたの？」

あっさり信じた自分の浅知恵が恥ずかしくなって、視線を伏せる。

「ホントに盗撮されてたとしたら……」

玲央が低い声で言ったので、「あいつ、ぶっ殺す」などという物騒な台詞《セリフ》が続くのかと身構えると、玲央はケロッといたずらっぽく続けた。

「見て見たかったなぁ。志方さんがイくときの色っぽい顔、しっかり脳内にインプットされてるけど、リアルに映像で見たら、きっと超クるよね」

朋樹は赤面しながら玲央を睨《にら》みつけた。

「……そんな冗談言ってる場合じゃないよ。そんなものが流出したら、笑いごとじゃない。きみのモデル生命があやういかもしれないんだから」

「それで、俺のこと必死であいつから守ってくれようとしたんだね。ありがとう」

玲央は腰を屈《かが》めて朋樹のほっぺたにチュッっとキスをした。さっきからひりひりしている身体の奥が、きゅきゅんとまた甘痛く痺れた。

「……早く行かないと、遅刻するよ」

ドキドキを悟られまいと、朋樹はペン先に神経を集中するふりをする。

顔を寄せたまま、玲央は朋樹の手元から生まれ出すイラストをじっと眺《なが》めていた。

「志方さんって、ホントにキモトタカシなんだよなぁ。すっげー」

うっとりと原稿用紙に見惚《みと》れる視線に、ふと小さな不安がかすめる。その不安を、朋樹は出来心で唇にのせた。

「ねえ、もし俺が漫画家をやめたら、どうする？」

どうして玲央のような青年が、自分なんかを好きでいてくれるのか、いまだに不思議でたまらない。もしかしたら、好きな漫画家だというのがその最たる理由なんじゃないだろうか。

玲央はきょとんと眼を丸くした。

「え、どうしたの？ 仕事、行き詰まってる？ なんかあるなら相談にのるよ？ いや、俺なんかじゃ相談相手になんないかもしれないけど、とにかく話してみてよ」

真剣な顔で言われて、朋樹は慌てて顔の前で手を振った。

「いや、全然そういうんじゃなくて、ただ、もしもの話」

「もしも志方さんが、漫画を描かなくなったら？」

「うん」

「それって、プーってこと？ 収入ゼロ？」

そこまで想定して訊《たず》ねたわけではなかったが、「まあ、そうかな」と適当な相槌《あいづち》を打つと、玲央はがっかり感をみせるどころか、なぜか俄《にわ》かに目を輝かせた。

「それって、俺に養わせてくれるってこと？　俺だけの専業主夫になってくれるの？　あ、でも、家事は今まで通り俺がやるから、志方さんはなんにもしなくてもいいよ。……ってことはさ、締切とか気にしてエッチをセーブしなくてもいいってことだよね？　志方さんの一日は全部俺のもので、いつでもどこでも触らせてくれるってこと？　すげー！　男のロマ……イテッ」

朋樹に足を踏まれて、ようやく玲央は変な妄想《もうそう》をまくしたてるのをやめた。

「なんかものすごく漫画を頑張ろうっていう気になってきた」

「えー、なんでだよ？　いや、まあ、キモトタカシの漫画がたくさん読めるのはすげー嬉しいから、頑張って欲しいけど。でも、一休みしたくなったら、いつでも言ってよ。その時は俺がちゃんと志方さんのこと支えるから」

どうやら好きな漫画家であることと自分への好意とは、また別のものらしい。朋樹を包む幸福感は、じわじわと強化されていく。

「じゃ、きみが路頭に迷ったときには、俺が養ってあげるよ」

「実際、現状はそんな感じですよね」

玲央は笑いながら言ったが、それは決して卑屈《ひくつ》な笑みではなかった。

「でも、いつかは絶対に志方さんに頼りにしてもらえる男になりますよ」

本当はもう十分頼りにしている。

そんな想いをこめて見つめると、玲央も朋樹をじっと見つめ返してきた。端整な顔が近づいてきて、今しも唇が重なり合おうというとき、玄関のインターホンが鳴った。

びっくりした拍子にどすんと椅子に腰をおろしてしまった朋樹は、腰の痛みに思わず顔をしかめる。

玲央はそれを見て申し訳なさそうな、気の毒そうな顔になった。

「俺、出ますよ」

いそいそと玄関に向かったと思ったら、あっという間に焦《あせ》った顔で引き返してきた。

「バイク便でした」

「え？　もう？」

朋樹は俄かに焦って、時計を見あげた。

「五分待ってって伝えて。あ、やっぱ十分」

「わかりました。何か手伝いますか？」

「大丈夫。きみは真面目に大学に行ってきて」

「えー」

「えーじゃないよ。今日はバイトもあるんだろ？」

玲央は口を尖《とが》らせながらも笑みを浮かべた。

「わかりました。原稿、頑張ってくださいね。俺も、ちゃんと志方さんに頼ってもらえる大人になるために、勉強もバイトも頑張ってきます」

かわいいことを言う玲央に、また胸がきゅんとなる。

そんな朋樹のときめきを悟ったのか、玲央はかすめとるように朋樹の唇を奪ってきた。

「専業主夫ごっこの続きは、帰ってきたあとにね」

「続きも何も、そんなごっこ、してないからっ！」

反論する朋樹の声に笑い声を返して、玲央が玄関へと走って行く。空いたドア越しにバイク便の配達員と目が合ってしまい、慌てて原稿用紙に意識を戻す。

身体はあちこちギシギシと痛んだが、原稿用紙を走るペンの動きは、いつになく軽やかだった。

あとがき

月村　奎

こんにちは。お元気でお過ごしですか。

お手にとってくださってありがとうございます。

どちらかというと年上攻が好きな私ですが、今回は珍しくひとまわり年下の攻を書いてみました。

表題作の雑誌掲載時《けいさいじ》には、「悪いものでも食べましたか?」とのツッコミを複数いただきました。普段あまり書かない肌色《はだいろ》シーンが私にしては（あくまでも『私にしては』です）多めだったのを怪訝《けげん》に思われたようで、中には編集方針で無理矢理書かされているのではと推理してくださった方もいらっしゃいました。

そんなことは一切ございません。むしろそういうシーンはもう少し減らした方がいいと担当さんからご助言をいただいたくらいですし、雑誌コメントにも書きましたが、攻に局部の名称を口走らせたら即刻削除命令が下ったくらいで(笑)、誰も私にそんなことを求めていないのはわかっているのです。でも、なんとなく流れで書きたくて書きました。

こうしていつでも書きたいことを書かせていただけるのは本当に幸せなことです。何年やってもちっとも上手《うま》くならないし、作風は金太郎飴《あめ》だし、自分のダメさ加減に落ち込むこともしばしばですが、小説を書くのはなんて楽しいんだろうといつも思います。今回もとても楽しんでわくわくしながら書きました。

何の足しにもためにもならない凡作《ぼんさく》（いや駄作？　愚作《ぐさく》？）ですが、読んでくださった皆様のひとときの気分転換になればこのうえもなく幸せです。

小説をお楽しみいただけなかった皆様にも、麗《うるわ》しいイラストだけはご堪能《たんのう》いただけたと確信しております。陵《みささぎ》さんの華《はな》やかで繊細《せんさい》な絵柄《えがら》が大好きで、こうして再びイラストをご担当いただけてとっても嬉しいです。

陵クミコさま。ご多忙ななか素晴らしいイラストをありがとうございました。

次は六月発行の小説ディアプラス・ナツ号で、ツンデレ弁護士×天然手芸作家のおさななじみものを書かせていただく予定です。よろしくお願いいたします。……あ、違った。その前に五月頃に『不器用なテレパシー』という文庫が出るはずです。今作に懲《こ》りずに、またお手にとっていただけましたら嬉しいです。

ではでは、どうぞ皆様お健《すこ》やかに春をお迎えください。

二〇一二年　一月

D E A R + N O V E L

恋愛☆コンプレックス《れんあい☆コンプレックス》

この本を読んでのご意見、ご感想などをお寄せください。
月村 奎先生・陵クミコ先生へのはげましのおたよりもお待ちしております。
〒113-0024 東京都文京区西片2-19-18 新書館
[編集部へのご意見・ご感想] ディアプラス編集部「恋愛☆コンプレックス」係
[先生方へのおたより] ディアプラス編集部気付 〇〇先生

初　出
恋愛☆コンプレックス：小説DEAR＋11年ナツ号（Vol.42）
恋愛★パラドックス：書き下ろし

新書館ディアプラス文庫

著者：**月村 奎** [つきむら・けい]
初版発行：**2012年2月25日**

発行所：**株式会社新書館**
[編集] 〒113-0024 東京都文京区西片 2-19-18 電話(03)3811-2631
[営業] 〒174-0043 東京都板橋区坂下 1-22-14 電話(03)5970-3840
[URL] http://www.shinshokan.co.jp/
印刷・製本：**図書印刷株式会社**

定価はカバーに表示してあります。乱丁・落丁本はお取替えいたします。
ISBN978-4-403-52297-0

S H I N S H O K A N